Nachhaltigkeit liegt uns am Herzen.

Hergestellt in Deutschland
CO_2-Ersparnis durch kurze Lieferwege
Gedruckt auf FSC®-zertifiziertem Papier
Lösungsmittelfreier Klebstoff
Drucklack auf Wasserbasis
Farben auf Pflanzenölbasis

Natürlich

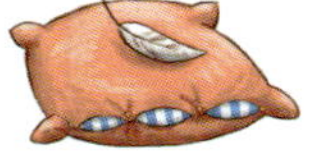

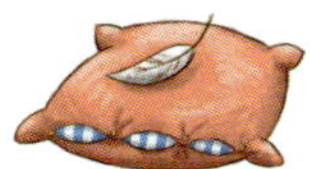

Die schönsten Märchen der Brüder Grimm

Nacherzählt von Rusalka Reh

Die schönsten Märchen der Brüder Grimm

Nacherzählt von Rusalka Reh
Illustriert von Larisa Lauber

Inhaltsverzeichnis

Aschenputtel

Einem reichen Mann wurde seine Frau krank, und als sie fühlte, dass ihr Ende nahte, rief sie ihr einziges Töchterlein zu sich ans Bett und sprach: »Mein liebes Kind, bleib ein guter Mensch. Ich will immer um dich sein und auf dich aufpassen.«

Dann schloss sie die Augen und verschied.

Das Mädchen ging jeden Tag hinaus zum Grab der Mutter und weinte und blieb ein guter Mensch. Als der Winter kam, deckte der Schnee ein weißes Tüchlein auf das Grab, und als die Sonne im Frühjahr es wieder herabgezogen hatte, heiratete der Mann eine andere Frau.

Die Frau hatte zwei Töchter mit ins Haus gebracht, die schön und rein aussahen, aber garstig und schwarz im Herzen waren. Da begann eine schlimme Zeit für das arme Stiefkind.

»Soll die dumme Gans etwa bei uns in der Stube sitzen?«, sprachen sie. »Wer Brot essen will, muss es verdienen: Hinaus mit der Küchenmagd!«

Sie nahmen dem Mädchen seine schönen Kleider weg, zogen ihm einen grauen, alten Kittel an und gaben ihm hölzerne Schuhe.

»Seht einmal die stolze Prinzessin, wie sie herausgeputzt ist!«, höhnten sie, lachten und führten es in die Küche.

Da musste es von morgens bis abends schwere Arbeit tun, sehr früh aufstehen, Wasser tragen, Feuer anmachen, kochen und waschen. Obendrein taten ihm die Schwestern alles nur denkbare Herzeleid an, verspotteten es und schütteten ihm die Erbsen und Linsen in die Asche, sodass es sitzen und sie wieder herauslesen musste. Abends, wenn es sich müde gearbeitet hatte, hatte es kein Bett, sondern musste sich neben den Herd in die Asche legen. Und weil es darum immer staubig und schmutzig aussah, nannten sie es Aschenputtel.

Es trug sich zu, dass der Vater einmal auf Reisen gehen musste. Da fragte er die beiden Stieftöchter, was er ihnen mitbringen sollte.

»Schöne Kleider«, sagte die eine.

»Perlen und Edelsteine«, die zweite.

»Und du, Aschenputtel«, sprach er, »was willst du haben?«

»Vater, der erste Haselzweig, der Euch auf Eurem Heimweg an den Hut stößt, den brecht für mich ab!«

Er kaufte nun für die beiden Stiefschwestern schöne Kleider, Perlen und Edelsteine, und auf dem Rückweg, als er durch einen grünen Busch ritt, streifte ihn ein Haselzweig und stieß ihm den Hut herunter. Da brach er ihn ab und nahm ihn mit. Als er nach Hause kam, gab er den Stieftöchtern, was sie sich gewünscht hatten, und dem Aschenputtel gab er den Zweig vom Haselbusch. Aschenputtel dankte ihm, ging zum Grab seiner Mutter und pflanzte den Zweig darauf. Es weinte so sehr, dass die Tränen darauf niederfielen und den Zweig begossen. Er wuchs und wurde ein schöner Baum. Aschenputtel ging alle Tage dreimal zu ihm hin und weinte. Jedes Mal kam ein weißes Vöglein auf den Baum, und wenn es einen Wunsch aussprach, so warf ihm das Vöglein herab, was es sich gewünscht hatte.

Es begab sich aber, dass der König ein Fest anstellte, das drei Tage dauern sollte und wozu alle jungen Mädchen des Landes eingeladen wurden, damit sich sein Sohn eine Braut aussuchen konnte. Als sie hörten, dass auch sie dabei erscheinen sollten, waren die zwei Stiefschwestern guter Dinge, riefen Aschenputtel und sprachen:

»Kämm uns die Haare, bürste uns die Schuhe und mache uns die Schnallen fest, wir gehen zur Hochzeit auf des Königs Schloss.«

Aschenputtel gehorchte, weinte aber, weil es auch gern zum Tanz mitgegangen wäre, und bat die Stiefmutter, es ihm zu erlauben. »Aschenputtel«, sprach sie, »du bist voll Staub und Schmutz und willst zur Hochzeit? Du hast keine Kleider und Schuhe und willst tanzen?«

Als Aschenputtel aber weiterbettelte, sprach sie endlich:

»Da habe ich dir eine Schüssel Linsen in die Asche geschüttet. Wenn du die Linsen in zwei Stunden herausgelesen hast, darfst du mitgehen.«

Das Mädchen ging durch die Hintertür in den Garten und rief:

»Ihr zahmen Täubchen, ihr Turteltäubchen, all ihr Vöglein unter dem Himmel, kommt und helft mir lesen:

Die Guten ins Töpfchen,
die Schlechten ins Kröpfchen.«

Da kamen zum Küchenfenster zwei weiße Täubchen herein und danach die Turteltäubchen und endlich schwirrten und schwärmten alle Vöglein unter dem Himmel herein und ließen sich um die Asche nieder. Und die Täubchen nickten mit den Köpfchen und fingen an pick, pick, pick, pick, und da fingen die Übrigen auch an pick, pick, pick, pick und lasen alle guten Körnlein in die Schüssel. Kaum war eine Stunde um, so waren sie schon fertig und flogen alle wieder hinaus. Da brachte das Mädchen die Schüssel der Stiefmutter, freute sich und glaubte, es dürfte nun mit auf die Hochzeit gehen. Aber die sprach:

»Nein, Aschenputtel, du hast keine Kleider und kannst nicht tanzen. Du wirst nur ausgelacht.« Als Aschenputtel nun weinte, sprach sie:

»Wenn du mir zwei Schüsseln voll Linsen in einer Stunde aus der Asche sauber herauslesen kannst, darfst du mitgehen«, und dachte: Das kann es ja nie.

Als sie die zwei Schüsseln Linsen in die Asche geschüttet hatte, ging das Mädchen durch die Hintertür in den Garten und rief:

»Ihr zahmen Täubchen, ihr Turteltäubchen, all ihr Vöglein unter dem Himmel, kommt und helft mir lesen:

Die Guten ins Töpfchen,
die Schlechten ins Kröpfchen.«

Da kamen zum Küchenfenster zwei weiße Täubchen herein und danach die Turteltäubchen und endlich schwirrten und schwärmten alle Vöglein unter dem Himmel herein und ließen sich um die Asche nieder. Und die Täubchen nickten mit ihren Köpfchen und fingen an pick, pick, pick, pick, und da fingen die Übrigen auch an pick, pick, pick, pick und lasen alle guten Körner in die Schüsseln. Und ehe eine halbe Stunde um war, waren sie schon fertig und flogen alle wieder hinaus. Da trug das Mädchen die Schüsseln zu der Stiefmutter, freute sich und glaubte, nun dürfte es mit auf die Hochzeit gehen. Aber die sprach:

»Es hilft dir alles nichts: Du kommst nicht mit, denn du hast keine Kleider und kannst nicht tanzen. Wir müssten uns für dich schämen.«

Darauf kehrte sie Aschenputtel den Rücken zu und eilte mit ihren zwei stolzen Töchtern fort.

Als nun niemand mehr daheim war, ging Aschenputtel zum Grab seiner Mutter unter den Haselbaum und rief:

»Bäumchen, rüttel dich und schüttel dich,
wirf Gold und Silber über mich.«

Da warf ihm der Vogel ein Kleid in Gold und Silber herunter und mit Seide und Silber bestickte Schuhe. Schnell zog es das Kleid an und ging zur Hochzeit. Seine Schwestern und die Stiefmutter erkannten es aber nicht und glaubten, es müsse eine fremde Königstochter sein, so schön sah es in dem Kleid aus. Aschenputtel kam ih-

nen gar nicht in den Sinn, denn sie dachten ja, es säße daheim im Schmutz und suchte die Linsen aus der Asche. Da kam der Königssohn Aschenputtel entgegen, nahm es bei der Hand und tanzte mit ihm. Er wollte sonst mit niemandem tanzen und ließ Aschenputtels Hand nicht los, und wenn ein anderer kam, es aufzufordern, sprach er:

»Das ist meine Tänzerin.«

Aschenputtel tanzte, bis es Abend war, dann wollte es nach Hause gehen. Der Königssohn aber sprach:

»Ich gehe mit und begleite dich«, denn er wollte sehen, wo das schöne Mädchen wohnte. Aschenputtel entwischte ihm aber und sprang in das Taubenhaus. Nun wartete der Königssohn, bis der Vater kam, und sagte ihm, das fremde Mädchen sei in das Taubenhaus gesprungen.

Der Alte dachte:

Sollte es Aschenputtel sein?, und sie mussten ihm Axt und Hacken bringen, damit er das Taubenhaus entzweischlagen konnte. Aber es war niemand darin. Und als sie ins Haus kamen, lag Aschenputtel in seinen schmutzigen Kleidern wieder in der Asche. Es war nämlich geschwind aus dem Taubenhaus hinten herausgesprungen und zum Haselbäumchen gelaufen. Da hatte es die schönen Kleider ausgezogen und aufs Grab gelegt und der Vogel hatte sie wieder weggenommen. Dann hatte es sich in seinem grauen Kittelchen in die Küche zur Asche gesetzt.

Am nächsten Tag, als das Fest von Neuem anfing und die Eltern und Stiefschwestern wieder fort waren, ging Aschenputtel zum Haselbaum und sprach:

»Bäumchen, rüttel dich und schüttel dich,
wirf Gold und Silber über mich!«

Da warf der Vogel ein noch viel stolzeres Kleid herab als am vorigen Tag. Und als Aschenputtel mit diesem Kleid auf der Hochzeit erschien, staunte jeder über seine Schönheit. Der Königssohn hatte schon auf es gewartet, nahm es gleich bei der Hand und tanzte nur allein mit ihm. Wenn die andern kamen und es aufforderten, sprach er:

»Das ist meine Tänzerin.«

Als es Abend war, wollte es fort, und der Königssohn lief ihm nach, um zu sehen, in welches Haus es ging. Aber es entwischte ihm in den Garten hinter dem Haus. Darin stand ein schöner großer Baum, an dem die herrlichsten Birnen hingen. Aschenputtel kletterte geschickt wie ein Eichhörnchen zwischen die Äste und der Königssohn verlor es aus den Augen.

Er wartete aber, bis der Vater kam, und sprach zu ihm:

»Das fremde Mädchen ist mir entwischt. Ich glaube, es ist auf den Birnbaum gesprungen.«

Der Vater dachte:

Sollte es Aschenputtel sein?, ließ sich die Axt holen und hieb den Baum um. Aber es war niemand darauf. Und als sie in die Küche kamen, lag Aschenputtel in der Asche, wie sonst auch, denn es war auf der anderen Seite vom Baum herabgesprungen, hatte dem Vogel auf dem Haselbäumchen die schönen Kleider zurückgebracht und sein graues Kittelchen angezogen.

Am dritten Tag, als die Eltern und Schwestern fort waren, ging Aschenputtel wieder zum Grab seiner Mutter und sprach zu dem Bäumchen:

»Bäumchen, rüttel dich und schüttel dich,
wirf Gold und Silber über mich!«

Nun warf ihm der Vogel ein Kleid herab, das war so prächtig und glänzend, wie es noch keins gehabt hatte, und die Schuhe waren ganz golden. Als es in dem Kleid zu der Hochzeit kam, wussten sie alle nicht, was sie vor Verwunderung sagen sollten. Der Königssohn tanzte ganz allein mit ihm, und wenn es einer aufforderte, sprach er:

»Das ist meine Tänzerin.«

Als es nun Abend war, wollte Aschenputtel fort, und der Königssohn wollte es begleiten, aber es entwischte ihm so rasch, dass er nicht folgen konnte. Der Königssohn hatte diesmal aber eine List gebraucht und die ganze Treppe mit Pech bestreichen lassen. Darauf war, als es hinabsprang, der linke Schuh des Mädchens hängen geblieben. Der Königssohn hob ihn auf und er war klein und zierlich und ganz golden.

Am nächsten Morgen ging er damit zu dem Mann und sagte zu ihm:

»Keine andere soll meine Gemahlin werden als die, an deren Fuß dieser goldene Schuh passt.«

Da freuten sich die beiden Schwestern, denn sie hatten schöne Füße. Die Älteste ging mit dem Schuh in die Kammer und wollte ihn anprobieren und die Mutter stand dabei. Aber sie konnte mit der großen Zehe nicht hineinkommen, denn der Schuh war ihr zu klein. Da reichte ihr die Mutter ein Messer und sprach:

»Hau die Zehe ab: Wenn du Königin bist, brauchst du ja nicht mehr zu Fuß zu gehen.«

Das Mädchen hieb die Zehe ab, zwängte den Fuß in den Schuh, verbiss den Schmerz und ging hinaus zum Königssohn. Da nahm er sie als seine Braut aufs Pferd und ritt mit ihr fort. Sie mussten aber an dem Grab vorbei. Da saßen die zwei Täubchen auf dem Haselbäumchen und riefen:

»Rucke di guh, rucke di guh,
Blut ist im Schuh.
Der Schuh ist zu klein,
die rechte Braut sitzt noch daheim.«

Da blickte der Königssohn auf ihren Fuß und sah, wie das Blut herausquoll. Er wendete sein Pferd um, brachte die falsche Braut wieder nach Hause und sagte, das wäre nicht die richtige, die andere Schwester solle den Schuh anziehen. Da ging diese in die Kammer und kam mit

den Zehen glücklich in den Schuh, aber die Ferse war zu groß. Da reichte ihr die Mutter ein Messer und sprach:

»Hau ein Stück von der Ferse ab: Wenn du Königin bist, brauchst du ja nicht mehr zu Fuß gehen.«

Das Mädchen hieb ein Stück von der Ferse ab, zwängte den Fuß in den Schuh, verbiss den Schmerz und ging hinaus zum Königssohn. Da nahm er sie als seine Braut aufs Pferd und ritt mit ihr fort. Als sie an dem Haselbäumchen vorbeikamen, saßen die zwei Täubchen darauf und riefen:

»Rucke di guh, rucke di guh,
Blut ist im Schuh.
Der Schuh ist zu klein,
die rechte Braut sitzt noch daheim.«

Er blickte auf ihren Fuß hinunter und sah, wie das Blut aus dem Schuh quoll. Da wendete er sein Pferd und brachte die falsche Braut wieder nach Hause. »Das ist auch nicht die richtige«, sprach er. »Habt ihr keine andere Tochter?«

»Nein«, sagte der Mann, »nur von meiner verstorbenen Frau ist noch ein kleines Aschenputtel da. Das kann unmöglich die Braut sein.«

Der Königssohn sprach, er sollte es heraufschicken. Die Mutter aber antwortete:

»Ach nein, es ist viel zu schmutzig, es darf sich nicht zeigen.«

Er bestand aber darauf und Aschenputtel musste gerufen werden. Da wusch es sich erst Hände und Gesicht sauber, ging dann hinaus und verneigte sich vor dem Königssohn, der ihm den goldenen Schuh reichte. Dann setzte es sich auf einen Schemel, zog den Fuß aus dem schweren Holzschuh und steckte ihn in den Schuh. Er passte ihm wie angegossen. Und als es sich aufrichtete

und der König ihm ins Gesicht sah, erkannte er das Mädchen, das mit ihm getanzt hatte, und er rief:

»Das ist die richtige Braut!«

Die Stiefmutter und die beiden Schwestern erschraken und wurden bleich vor Ärger. Er aber nahm Aschenputtel aufs Pferd und ritt mit ihm fort. Als sie an dem Haselbäumchen vorbeikamen, riefen die zwei weißen Täubchen:

»Rucke die guh, rucke di guh,
kein Blut im Schuh.
Der Schuh ist nicht zu klein,
die rechte Braut, die führt er heim.«

Und als sie das gerufen hatten, kamen sie herabgeflogen und setzten sich dem Aschenputtel auf die Schultern, eine rechts, die andere links, und blieben da sitzen.

Als die Hochzeit mit dem Königssohn gehalten werden sollte, kamen die falschen Schwestern, wollten sich einschmeicheln und an Aschenputtels Glück teilhaben. Als die Brautleute nun zur Kirche gingen, lief die Älteste auf ihrer rechten, die Jüngste auf ihrer linken Seite. Da kamen die Täubchen und wisperten einer jeden ins Ohr, sie sollten fortgehen, doch sie taten es nicht. Später, als die Brautleute aus der Kirche kamen, lief die älteste Schwester auf ihrer linken und die jüngste auf ihrer rechten Seite. Da wisperten die Tauben einer jeden ins andere Ohr, dass sie fortgehen sollten, für immer, und wenn sie es nicht täten, pickten sie ihnen die Augen aus. Die falschen Schwestern erschraken, wurden bleich wie Kreide, nahmen einander bei den Händen und rannten davon.

Niemand hat sie jemals wiedergesehen und niemand wird sie jemals wiedersehen.

Aschenputtel und der Königssohn aber küssten, hielten und herzten sich und blieben glücklich bis an ihr Ende.

Brüderchen und Schwesterchen

Brüderchen nahm sein Schwesterchen an der Hand und sprach:

»Seit die Mutter tot ist, haben wir keine gute Stunde mehr. Die Stiefmutter schlägt uns alle Tage, und wenn wir zu ihr kommen, stößt sie uns mit den Füßen fort. Die harten Brotkrusten, die übrig bleiben, sind unsere Speise, und dem Hündlein unter dem Tisch geht's besser, dem wirft sie doch manchmal einen guten Bissen zu. Wenn das unsere Mutter wüsste! Komm, wir wollen miteinander in die weite Welt gehen!«

Sie gingen den ganzen Tag über Wiesen, Felder und Steine. Abends kamen sie in einen großen Wald und waren so müde von Jammer, Hunger und dem langen Weg, dass sie sich in einen hohlen Baum setzten und einschliefen.

Als sie am nächsten Morgen aufwachten, stand die Sonne schon hoch am Himmel und schien heiß in den Baum hinein. Da sprach das Brüderchen: »Schwesterchen, ich habe Durst! Wenn ich ein Brünnlein wüsste, ich ging und tränk einmal. Ich mein, ich hör eins rauschen.«

Brüderchen stand auf, nahm Schwesterchen an der Hand, und sie wollten das Brünnlein suchen. Doch die böse Stiefmutter hatte wohl gesehen, wie die beiden Kinder fortgegangen waren, war ihnen nachgeschlichen, heimlich, und hatte alle Brunnen im Wald verwünscht. Als sie nun ein Brünnlein fanden, das so glitzerig über die Steine sprang, wollte das Brüderchen daraus trinken. Aber das Schwesterchen hörte, wie es im Rauschen sprach:

»Wer aus mir trinkt, wird ein Tiger, wer aus mir trinkt, wird ein Tiger.«

Da rief das Schwesterchen:

»Ich bitte dich, Brüderlein, trink nicht, sonst wirst du ein wildes Tier und zerreißt mich!«

Das Brüderchen trank nicht, obwohl es Durst hatte, und sprach: »Ich will bis zur nächsten Quelle warten.«

Als sie zum zweiten Brünnlein kamen, hörte das Schwesterchen, wie auch dieses sprach:

»Wer aus mir trinkt, wird ein Wolf, wer aus mir trinkt, wird ein Wolf.«

Da rief das Schwesterchen:

»Brüderchen, ich bitte dich, trink nicht, sonst wirst du ein Wolf und frisst mich!«

Das Brüderchen trank nicht und sprach:

»Ich will warten, bis wir zur nächsten Quelle kommen, aber dann muss ich trinken! Du magst sagen, was du willst. Mein Durst ist gar zu groß.«

Und als sie zum dritten Brünnlein kamen, hörte das Schwesterlein, wie es im Rauschen sprach:

»Wer aus mir trinkt, wird ein Reh, wer aus mir trinkt, wird ein Reh.«

Das Schwesterchen sprach:

»Ach, Brüderchen, ich bitte dich, trink nicht, sonst wirst du ein Reh und läufst mir fort.«

Aber das Brüderchen hatte sich gleich beim Brünnlein niedergekniet, hinabgebeugt und von dem Wasser getrunken. Und als die ersten Tropfen auf seine Lippen gekommen waren, lag es da als ein Rehkälbchen.

Nun weinte das Schwesterchen über das arme verwünschte Brüderchen, und das Rehchen weinte auch und saß so traurig neben ihm. Da sprach das Mädchen endlich:

»Sei still, liebes Rehchen, ich werde dich ja niemals verlassen.«

Dann band es sein goldenes Strumpfband ab, tat es dem Rehchen um den Hals, rupfte Gras und flocht ein weiches Seil daraus. Daran band es das Tierchen, führte es weiter und ging immer tiefer in den Wald hinein. Und als sie lange, lange gegangen waren, kamen sie endlich an ein kleines Haus. Das Mädchen schaute hinein, und weil es leer war, dachte es: Hier können wir bleiben und wohnen. Da suchte es dem Rehchen Laub und Moos für ein weiches Lager und jeden Morgen sammelte es Wurzeln, Beeren und Nüsse für sich. Für das Rehchen brachte es zartes Gras mit, das fraß es ihm aus der Hand, war vergnügt und spielte vor ihm herum. Abends, wenn Schwesterchen müde war, legte es seinen Kopf auf den Rücken des Rehkälbchens wie auf ein Kissen, auf dem es sanft einschlief. Und hätte das Brüderchen nur seine menschliche Gestalt gehabt, es wäre ein herrliches Leben gewesen.

Eine Zeit lang waren sie allein in der Wildnis. Dann trug es sich zu, dass der König des Landes eine große Jagd im Wald abhielt. Da schallten das Hörnerblasen, Hundegebell und das lustige Geschrei der Jäger durch die Bäume. Das Rehlein hörte es und wäre gar zu gerne dabei gewesen.

»Ach!«, sprach es zum Schwesterlein. »Lass mich hinaus zur Jagd! Ich kann's nicht mehr länger aushalten!«, und bat so lange, bis es einwilligte.

»Aber«, sprach das Schwesterlein zu ihm, »komm mir ja abends zurück! Vor den wilden Jägern verschließ ich meine Tür. Und damit ich dich erkenne, klopf an und sprich: ›Mein Schwesterlein, lass mich herein!‹ Wenn du nicht so sprichst, schließ ich meine Tür nicht auf.«

Nun sprang das Rehchen hinaus und es war ihm so wohl und so lustig in freier Luft. Der König und seine Jäger sahen das schöne Tier und verfolgten es, aber sie konnten es nicht einholen. Und sobald sie glaubten, sie hätten es, sprang es über das Gebüsch und war verschwunden. Als es dunkel wurde, lief es zum Häuschen, klopfte an und sprach:

»Mein Schwesterlein, lass mich herein!«

Da wurde ihm die kleine Tür aufgetan, es sprang hinein und ruhte sich die ganze Nacht auf seinem weichen Lager aus.

Am nächsten Morgen ging die Jagd von Neuem los, und als das Rehlein das Jagdhorn hörte und das »Hoho!« der Jäger, hatte es keine Ruhe und sprach:

»Schwesterchen, mach mir auf, ich muss hinaus.«

Das Schwesterchen öffnete ihm die Tür und sprach:

»Aber zum Abend musst du wieder da sein und dein Sprüchlein sagen.«

Als der König und seine Jäger das Rehlein mit dem goldenen Halsband wiedersahen, jagten sie ihm alle nach, aber es war ihnen zu schnell und geschickt. Das ging den ganzen Tag so. Endlich aber hatten es die Jäger abends umzingelt, und einer verwundete es ein wenig am Fuß, sodass es hinken musste und langsam fortlief. Da schlich ihm ein Jäger nach und hörte, wie es rief:

»Mein Schwesterlein, lass mich herein!«, und sah, dass ihm die Tür geöffnet und dann wieder zugeschlossen wurde. Der Jäger merkte sich das alles, ging zum König und erzählte es ihm. Da sprach der König:

»Morgen soll noch einmal gejagt werden!«

Das Schwesterchen aber erschrak gewaltig, als es sah, dass sein Rehkälbchen verwundet war. Es wusch ihm das Blut ab, legte Kräuter auf und sprach:

»Geh auf dein Lager, liebes Rehchen, damit du wieder heil wirst.«

Die Wunde war aber so klein, dass das Rehchen am Morgen nichts mehr davon spürte. Und als es die Jagdlust wieder draußen hörte, sprach es:

»Ich kann's nicht aushalten, ich muss dabei sein! So bald soll mich keiner kriegen!«

Das Schwesterchen weinte und sprach:

»Nun werden sie dich töten und ich bin hier allein und verlassen von aller Welt. Ich lass dich nicht hinaus.«

»Dann sterbe ich hier vor Betrübnis«, antwortete das Rehchen. »Wenn ich das Jagdhorn höre, mein ich, ich müsste aus den Schuhen springen!«

Da konnte das Schwesterchen nicht anders, schloss ihm schweren Herzens die Tür auf, und es sprang in den Wald. Als es der König erblickte, sprach er zu den Jägern:

»Nun jagt ihm den ganzen Tag bis in die Nacht nach, aber dass ihm keiner etwas zuleide tut!«

Sobald die Sonne untergegangen war, sprach der König zum Jäger:

»Nun komm und zeige mir das Waldhäuschen!«

Als er vor der kleinen Tür war, klopfte er an und rief:

»Lieb Schwesterlein, lass mich herein!«

Da ging die Tür auf, der König trat herein, und da stand ein Mädchen, das war so wunderbar, wie er noch keins gesehen hatte. Das Mädchen erschrak, als es sah, dass nicht sein Rehlein, sondern ein Mann hereinkam, der eine goldene Krone auf dem Haupt hatte. Aber der König sah es freundlich an, reichte ihm die Hand und sprach:

»Willst du mit mir auf mein Schloss gehen und meine liebe Frau sein?«

»Ach ja«, antwortete das Mädchen, »aber das Rehchen muss auch mit, das verlass ich nicht.«

Sprach der König:

»Es soll bei dir bleiben, solange du lebst, und es soll ihm an nichts fehlen.«

Gerade da kam es hereingesprungen. Das Schwesterchen band es wieder an das Seil, nahm es selbst in die Hand und ging mit ihm aus dem Waldhäuschen fort.

Der König nahm das Mädchen auf sein Pferd und führte es in sein Schloss, wo die Hochzeit mit großer Pracht gefeiert wurde.

Nun war das Schwesterchen die Frau Königin und sie lebten lange Zeit vergnügt zusammen. Das Rehlein wurde gehegt und gepflegt und sprang im Schlossgarten herum.

Die böse Stiefmutter aber, wegen der die Kinder in die Welt hineingegangen waren, glaubte, das Schwesterchen wäre von den wilden Tieren im Wald zerrissen und Brüderchen als ein Rehkalb von den Jägern totgeschossen worden. Als sie nun hörte, dass sie so glücklich waren und es ihnen so wohl ging, wurden Neid und Missgunst in ihrem Herzen rege und ließen ihr keine Ruhe. Und sie hatte keinen anderen Gedanken, als wie sie beiden doch noch Unglück bringen könnte. Ihre richtige Tochter, die dumm und gemein war und nur ein Auge hatte, machte ihr Vorwürfe und sprach:

»Das Glück, eine Königin zu werden, hätte mir gebührt.«

»Warte nur«, sagte die Alte. »Wenn's Zeit ist, will ich schon handeln.«

Als nun die Zeit herangerückt war, die Königin ein Söhnchen zur Welt gebracht hatte und der König gerade auf der Jagd war, nahm die böse Stiefmutter die Gestalt der Kammerfrau an, trat in die Stube, wo die Königin lag, und sprach zu der Kranken:

»Kommt, das Bad ist fertig. Es wird Euch wohltun und frische Kräfte geben. Rasch, ehe es kalt wird!«

Ihre Tochter war auch da und sie trugen die schwache Königin in das Bad und legten sie in die Wanne. Dann schlossen sie die Tür ab und liefen davon. Im Bad aber hatten sie ein heißes Feuer angemacht, an dem die junge Königin bald ersticken musste.

Als das vollbracht war, nahm die Alte ihre Tochter, setzte ihr eine Haube auf und legte sie ins Bett der Königin. Sie gab ihr auch die Gestalt und das Aussehen der Königin. Nur das verlorene Auge konnte sie ihr nicht zurückgeben. Und damit es der König nicht merkte, musste sie sich auf die Seite legen, wo sie kein Auge hatte.

Am Abend, als er heimkam und hörte, dass ihm ein Söhnlein geboren war, freute er sich herzlich, wollte ans Bett seiner lieben Frau gehen und sehen, was sie machte. Da rief die Alte rasch:

»Um Himmels willen! Lasst die Vorhänge zu! Die Königin darf noch nicht ins Licht sehen und muss Ruhe haben!«

Der König trat zurück und wusste nicht, dass eine falsche Königin im Bett lag.

Als es Mitternacht war und alles schlief, sah die Kinderfrau, die in der Kinderstube neben der Wiege saß und allein noch wachte, wie die Tür aufging und die echte Königin hereintrat. Sie nahm das Kind aus der Wiege, legte es in ihren Arm und gab ihm zu trinken. Dann schüttelte sie ihm sein Kissen auf, legte es wieder hinein und deckte es mit dem Deckbettchen zu. Sie vergaß auch das Rehchen nicht, ging in die Ecke, wo es lag, und streichelte ihm über den Rücken. Daraufhin ging sie ganz stillschweigend wieder zur Tür hinaus.

Die Kinderfrau fragte am anderen Morgen die Wächter, ob jemand während der Nacht ins Schloss gegangen sei. Aber sie antworteten:

»Nein, wir haben niemanden gesehen.«

So kam sie viele Nächte und sprach niemals ein einziges Wort dabei. Die Kinderfrau sah sie immer, aber sie traute sich nicht, jemandem etwas davon zu sagen.

Als nun eine Zeit verflossen war, fing die Königin in der Nacht zu reden an und sprach:

»Was macht mein Kind? Was macht mein Reh?
Nun komm ich noch zweimal und dann nimmermehr.«

Die Kinderfrau antwortete ihr nicht, aber als sie wieder verschwunden war, ging sie zum König und erzählte ihm alles. Sprach der König:

»Ach Gott! Was ist das? Ich will in der nächsten Nacht bei dem Kind wachen.«

Abends ging er in die Kinderstube und um Mitternacht erschien die Königin wieder und sprach:

»Was macht mein Kind? Was macht mein Reh?
Nun komm ich noch einmal und dann nimmermehr.«

Und pflegte dann das Kind, wie sie es gewöhnlich tat, ehe sie verschwand. Der König traute sich nicht, sie anzusprechen, aber er wachte auch in der folgenden Nacht.

Sie sprach abermals:

»Was macht mein Kind? Was macht mein Reh?
Nun komm ich noch diesmal und dann nimmermehr.«

Da konnte sich der König nicht zurückhalten, sprang zu ihr und sprach:

»Du kannst niemand anderes sein als meine liebe Frau!«

Da antwortete sie:

»Ja, ich bin deine liebe Frau«, hatte in dem Augenblick das Leben wiedererhalten und war frisch, rot und gesund.

Dann erzählte sie dem König, was die böse Stiefmutter und ihre Tochter ihr angetan hatten. Der König ließ beide vor Gericht führen und es wurde ihnen das Urteil gesprochen. Die Tochter und ihre böse Mutter wurden in den Wald gejagt und von den wilden Tieren zerrissen. Und als das geschehen war, verwandelte sich das Rehkälbchen und erhielt seine menschliche Gestalt zurück.

Schwesterchen und Brüderchen aber lebten glücklich zusammen bis an ihr Ende.

Der Froschkönig

In den alten Zeiten, als das Wünschen noch geholfen hat, lebte ein König, dessen Töchter waren alle schön, aber die jüngste war so schön, dass die Sonne selber, die doch so vieles gesehen hat, sich wunderte, so oft sie ihr ins Gesicht schien.

Nahe beim Schloss des Königs lag ein großer dunkler Wald und in dem Wald unter einer alten Linde war ein Brunnen. Wenn nun der Tag sehr heiß war, ging das Königskind hinaus in den Wald und setzte sich an den Rand des kühlen Brunnens. Und wenn es Langeweile hatte, nahm es eine goldene Kugel, warf sie in die Höhe und fing sie wieder. Das war sein liebstes Spielzeug.

Nun trug es sich einmal zu, dass die goldene Kugel der Königstochter nicht in ihre Hand fiel, die sie in die Höhe gehalten hatte, sondern vorbei auf die Erde schlug und ins Wasser rollte. Die Königstochter folgte ihr mit den Augen nach, aber die Kugel verschwand und der Brunnen war tief, so tief, dass man keinen Grund sah. Da fing sie an zu weinen und weinte immer lauter und konnte sich gar nicht trösten. Und als sie so klagte, rief ihr jemand zu:

»Was hast du denn, Königstochter, du schreist ja zum Steinerweichen.«

Sie sah sich um und erblickte einen Frosch, der seinen dicken, hässlichen Kopf aus dem Wasser streckte.

»Ach, du bist's, alter Wasserpatscher«,

sagte sie. »Ich weine über meine goldene Kugel, die mir in den Brunnen gefallen ist.«

»Sei still und weine nicht«, antwortete der Frosch. »Ich kann dir helfen. Aber was gibst du mir, wenn ich dein Spielzeug wieder heraufhole?«

»Was du haben willst, lieber Frosch«, sagte sie. »Meine Kleider, meine Perlen und Edelsteine, auch noch die goldene Krone, die ich trage.«

Der Frosch antwortete:

»Deine Kleider, deine Perlen und Edelsteine und deine goldene Krone mag ich nicht. Aber wenn du mich lieb haben willst und ich dein Spielkamerad sein darf, an deinem Tischlein neben dir sitzen, von deinem goldenen Tellerlein essen, aus deinem Becherlein trinken, in deinem Bettlein schlafen - wenn du mir das versprichst, will ich hinuntersteigen und dir die goldene Kugel wieder heraufholen.«

»Ach ja«, sagte sie. »Ich verspreche dir alles, was du willst, wenn du mir nur die Kugel wiederbringst.«

Sie dachte aber: Was der einfältige Frosch schwätzt! Der sitzt im Wasser bei seinesgleichen und quakt und kann keines Menschen Geselle sein.

Als er die Zusage erhalten hatte, tauchte der Frosch seinen Kopf unter, sank hinab, kam nach einem Weilchen wieder heraufgerudert, hatte die Kugel im Maul und warf sie ins Gras. Die Königstochter war voll Freude, als sie ihr schönes Spielzeug wieder erblickte, hob es auf und sprang damit fort. »Warte, warte!«, rief der Frosch. »Nimm mich mit! Ich kann nicht so laufen wie du!«

Aber was half es ihm, dass er ihr sein »Quak, Quak« so laut nachschrie, wie er konnte! Sie hörte nicht darauf, eilte nach Hause und hatte bald den armen Frosch vergessen, der wieder in seinen Brunnen hinabsteigen musste.

Am nächsten Tag, als sie sich mit dem König und allen Hofleuten zur Tafel gesetzt hatte und von ihrem goldenen Tellerlein aß, kam, plitsch, platsch, plitsch, platsch, etwas die Marmortreppe heraufgekrochen. Und als es oben angelangt war, klopfte es an die Tür und rief:

»Königstochter, jüngste, mach mir auf!«

Sie lief und wollte sehen, wer draußen war. Als sie aufmachte, saß der Frosch davor. Da warf sie die Tür hastig zu, setzte sich wieder an den Tisch und fürchtete sich. Der König sah wohl, dass ihr das Herz gewaltig klopfte, und sprach:

»Mein Kind, warum fürchtest du dich? Steht etwa ein Riese vor der Tür und will dich holen?«

»Ach nein«, antwortete sie. »Es ist kein Riese, sondern ein garstiger Frosch.«

»Was will der Frosch von dir?«

»Ach, lieber Vater, als ich gestern im Wald am Brunnen saß und spielte, fiel meine goldene Kugel ins Wasser. Und weil ich so weinte, hat sie der Frosch wieder heraufgeholt, und weil er es durchaus verlangte, versprach ich ihm, er sollte mein Freund werden. Ich glaubte aber nicht, dass er aus seinem Wasser herauskönnte. Nun ist er draußen und will zu mir herein.«

Und schon klopfte es zum zweiten Mal und der Frosch rief:

»Königstochter, jüngste,
mach mir auf!
Weißt du nicht, was gestern
du zu mir gesagt?
Bei dem kühlen Wasserbrunnen?
Königstochter, jüngste,
mach mir auf!«

Da sagte der König:

»Was du versprochen hast, das musst du auch halten. Geh nur und mach ihm auf.«

Sie ging, öffnete die Tür, und der Frosch hüpfte herein, ihr immer auf den Fersen, bis zu ihrem Stuhl. Da saß er und rief:

»Heb mich herauf zu dir.«

Sie zauderte, bis es der König schließlich befahl. Als der Frosch erst auf dem Stuhl war, wollte er auf den Tisch, und als er da saß, sprach er:

»Nun schieb mir dein goldenes Tellerlein näher, damit wir zusammen essen.« Das tat sie zwar, aber man sah, dass sie's nicht gern tat. Der Frosch ließ sich's gut schmecken, aber ihr blieb fast jedes Bisslein im Hals stecken. Endlich sprach er:

»Ich habe mich satt gegessen und bin müde. Nun trag mich in dein Kämmerlein und mach dein seidenes Bettlein zurecht. Dann wollen wir uns schlafen legen.«

Die Königstochter fing an zu weinen und fürchtete sich vor dem kalten Frosch, den sie nicht anzurühren wagte und der nun in ihrem schönen, sauberen Bettlein schlafen sollte. Der König wurde zornig und sprach:

»Wer dir geholfen hat, als du in der Not warst, den sollst du danach nicht verachten.«

Da packte sie den Frosch mit zwei Fingern, trug ihn hinauf und setzte ihn in eine Ecke. Aber als sie im Bett lag, kam er angekrochen und sprach:

»Ich bin müde. Ich will schlafen so gut wie du. Heb mich herauf oder ich sag's deinem Vater.«

Da wurde sie bitterböse, hob ihn auf und warf ihn mit allen Kräften gegen die Wand:

»Nun wirst du Ruhe haben, du garstiger Frosch.«

Als er aber herabfiel, war er kein Frosch, sondern ein Königssohn mit schönen und freundlichen Augen. Der war nun nach ihres Vaters Willen ihr lieber Freund und Gemahl. Da erzählte er ihr, er wäre verwünscht worden, niemand hätte ihn aus dem Brunnen erlösen können als sie allein, und morgen wollten sie zusammen in sein Reich gehen. Dann schliefen sie ein. Als die Sonne sie am nächsten Morgen aufweckte, kam ein Wagen heran-

gefahren, von acht weißen Pferden gezogen. Die hatten weiße Straußenfedern auf dem Kopf und gingen in goldenen Ketten. Und hinten stand der Diener des jungen Königs. Das war der treue Heinrich. Der treue Heinrich war so betrübt gewesen, als sein Herr in einen Frosch verwandelt worden war, dass er drei eiserne Bande um sein Herz hatte legen lassen, damit es ihm nicht vor Weh und Traurigkeit zerspringen konnte. Der Wagen sollte den jungen König in sein Reich abholen. Der treue Heinrich half beiden hinein und war voller Freude über die Erlösung.

Als sie ein Stück gefahren waren, hörte der Königssohn, dass es hinter ihm krachte, als wäre etwas zerbrochen. Da drehte er sich um und rief:

»Heinrich, der Wagen bricht!«
»Nein, Herr, der Wagen nicht.
Es ist ein Band von meinem Herzen,
das da lag in großen Schmerzen,
als Ihr in dem Brunnen saßt,
als Ihr eine Kröte wart.«

Noch einmal und noch einmal krachte es auf dem Weg, und der Königssohn glaubte immer, der Wagen bräche, doch es waren nur die Bande, die vom Herzen des treuen Heinrich absprangen, weil sein Herr erlöst und glücklich war.

Der gestiefelte Kater

Es war einmal ein Müller, der hatte drei Söhne, seine Mühle, einen Esel und einen Kater. Die Söhne mussten mahlen, der Esel Getreide holen und Mehl forttragen, die Katze die Mäuse fangen. Als der Müller starb, teilten sich die drei Söhne die Erbschaft: Der Älteste bekam die Mühle, der Zweite den Esel, der Dritte den Kater, weiter blieb nichts für ihn übrig. Da war er traurig und sprach zu sich selbst:

»Mir ist es doch recht schlimm ergangen. Mein ältester Bruder kann mahlen, mein zweiter auf seinem Esel reiten. Aber was kann ich mit dem Kater anfangen? Ich lass mir ein Paar Pelzhandschuhe aus seinem Fell machen, und dann ist's vorbei.«

»Hör zu«, fing der Kater an, der alles verstanden hatte. »Du brauchst mich nicht zu töten, um ein Paar schlechte Handschuhe aus meinem Pelz zu kriegen. Lass mir nur ein Paar Stiefel machen, damit ich ausgehen und mich unter den Leuten sehen lassen kann. Dann soll dir bald geholfen sein.«

Der Müllerssohn wunderte sich, dass der Kater so sprach, aber weil gerade der Schuster vorbeiging, rief er ihn herein und ließ dem Kater die Stiefel anpassen. Als sie fertig waren, zog sie der Kater an, nahm einen Sack, machte dessen Boden voll Korn und band eine Schnur darum, womit man ihn zuziehen konnte. Dann warf er ihn über den Rücken und ging auf zwei Beinen, wie ein Mensch, zur Tür hinaus.

Damals regierte ein König im Land, der aß gern Rebhühner. Es war aber schwierig, welche zu kriegen. Der ganze Wald war voll davon, doch sie waren so scheu, dass kein Jäger sie fangen konnte. Das wusste der Kater und gedachte, seine Sache besser zu machen. Als er in den Wald kam, machte er seinen Sack auf und breitete das Korn auseinander. Die Schnur legte er ins Gras und leitete sie hinter eine Hecke. Da versteckte er sich, schlich herum und lauerte. Die Rebhühner kamen bald angelaufen, fanden das Korn und eins nach dem andern hüpfte in den Sack hinein. Als eine gute Anzahl drinnen war, zog der Kater den Strick zu, lief herbei und drehte ihnen den Hals um. Dann warf er den Sack auf den Rücken und ging geradewegs zum Schloss des Königs. Die Wache rief:

»Halt! Wohin?«

»Zum König!«, antwortete der Kater kurz.

»Bist du verrückt? Ein Kater will zum König?«

»Lass ihn nur gehen«, sagte ein anderer. »Der König hat doch oft Langeweile, vielleicht macht ihm der Kater Vergnügen.«

Als der Kater vor den König trat, machte er eine tiefe Verbeugung und sagte:

»Mein Herr, der Graf«, dabei nannte er einen langen und vornehmen Namen, »lässt den Herrn König grüßen und schickt ihm diese Rebhühner.«

Der König war außer sich vor Freude und befahl dem Kater, so viel Gold aus der Schatzkammer in seinen Sack zu tun, wie er nur tragen könne.

»Bring das deinem Herrn und danke ihm vielmals für sein Geschenk.«

Der arme Müllerssohn saß zu Hause am Fenster, stützte den Kopf auf die Hand und dachte, dass er nun sein letztes Geld für die Stiefel des Katers weggegeben hatte und der ihm wohl nichts Besseres dafür bringen könne. Da trat der Kater herein, warf den Sack vom Rücken, schnürte ihn auf und schüttete das Gold vor den Müller hin.

»Da hast du etwas Gold vom König, der dich grüßen lässt und sich für die Rebhühner bei dir bedankt.«

Der Müller war froh über den Reichtum, ohne dass er recht begreifen konnte, wie es dazu gekommen war. Während er seine Stiefel auszog, erzählte der Kater ihm alles. Dann sagte er:

»Du hast jetzt zwar Geld genug, aber dabei soll es nicht bleiben. Morgen ziehe ich meine Stiefel wieder an, dann sollst du noch reicher werden. Dem König habe ich nämlich gesagt, dass du ein Graf bist.«

Am nächsten Tag ging der Kater, wie er gesagt hatte, wohl gestiefelt wieder auf die Jagd und brachte dem König einen reichen Fang. So ging es jeden Tag. Der Kater brachte alle Tage Gold heim und wurde so beliebt beim König, dass er im Schloss ein- und ausgehen durfte. Einmal stand der Kater in der Küche des Schlosses beim Herd und wärmte sich, als der Kutscher kam und fluchte:

»Ich wünschte, der König und die Prinzessin wären, wo der Pfeffer wächst! Ich wollte ins Wirtshaus gehen, aber jetzt soll ich sie zum See spazieren fahren.«

Als der Kater das hörte, schlich er nach Hause und sagte zu seinem Herrn: »Wenn du ein Graf und reich werden willst, dann komm mit mir an den See und bade darin.«

Der Müller wusste nicht, was er dazu sagen sollte, doch folgte er dem Kater, ging mit ihm, zog sich splitternackt aus und sprang ins Wasser. Der Kater nahm seine Kleider, trug sie fort und versteckte sie. Kaum war er damit fertig, kam der König vorbeigefahren. Der Kater fing sogleich an, erbärmlich zu klagen:

»Ach! Allergnädigster König! Mein Herr hat sich in den See zum Baden begeben. Da ist ein Dieb gekommen und hat ihm die Kleider gestohlen, die am Ufer lagen! Nun ist der Herr Graf im Wasser und kann nicht heraus, und wenn er sich noch länger darin aufhält, wird er sich erkälten und sterben.«

Als der König das hörte, ließ er anhalten, und einer seiner Leute musste zurückjagen und Kleider des Königs holen. Der Herr Graf zog dann die prächtigen Kleider an, und weil ihm ohnehin der König wegen der Rebhühner, die er meinte, von ihm empfangen zu haben, wohlgesonnen war, musste er sich zu ihm in die Kutsche setzen. Die Prinzessin war auch nicht böse darüber, denn der Graf war jung und schön und er gefiel ihr recht gut.

Der Kater war vorausgegangen und zu einer großen Wiese gekommen, wo über hundert Leute waren und Heu machten.

»Wem gehört die Wiese, ihr Leute?«, fragte der Kater.

»Dem großen Zauberer.«

»Hört, jetzt wird gleich der König vorbeifahren. Wenn er wissen will, wem die Wiese gehört, so antwortet: ›Dem Grafen‹, und wenn ihr das nicht tut, so werdet ihr alle bestraft.«

Darauf ging der Kater weiter und kam an ein Kornfeld, so groß, dass es niemand übersehen konnte. Da standen mehr als zweihundert Leute und schnitten das Korn.

»Wem gehört das Korn, ihr Leute?«

»Dem Zauberer.«

»Hört, jetzt wird gleich der König vorbeifahren. Wenn er wissen will, wem das Korn gehört, so antwortet: ›Dem Grafen‹, und wenn ihr das nicht tut, so werdet ihr alle bestraft.«

Endlich kam der Kater an einen prächtigen Wald, da standen mehr als dreihundert Leute, fällten die großen Eichen und machten Holz.

»Wem gehört der Wald, ihr Leute?«

»Dem Zauberer.«

»Hört, jetzt wird gleich der König vorbeifahren. Wenn er wissen will, wem der Wald gehört, so antwortet: ›Dem Grafen‹, und wenn ihr das nicht tut, so werdet ihr alle bestraft.«

Der Kater ging weiter. Die Leute sahen ihm alle nach. Und weil er so wunderlich aussah und wie ein Mensch in Stiefeln ging, fürchteten sie sich vor ihm.

Bald kam er an des Zauberers Schloss, trat keck hinein und vor diesen hin. Der Zauberer sah ihn verächtlich an und fragte ihn, was er wolle. Der Kater verbeugte sich tief und sagte:

»Ich habe gehört, dass du dich in jedes Tier ganz nach deinem Belieben verwandeln könntest. Was einen Hund, Fuchs oder auch Wolf betrifft, will ich es wohl glauben, aber in einen Elefanten, das scheint mir ganz unmöglich. Und deshalb bin ich gekommen, um mich selbst zu überzeugen.«

Der Zauberer sagte stolz:

»Das ist für mich eine Kleinigkeit«, und war im selben Augenblick in einen Elefanten verwandelt.

»Das ist viel«, sagte der Kater, »aber geht es auch in einen Löwen?«

»Das ist doch gar nichts«, sagte der Zauberer und stand schon als Löwe vor dem Kater. Der Kater tat erschrocken und rief:

»Das ist unglaublich! Aber noch besser als alles andere wäre es, wenn du dich auch in ein so kleines Tier wie eine Maus verwandeln könntest. Du kannst gewiss mehr, als irgendein Zauberer auf der Welt, aber das wird doch zu schwierig sein.«

Der Zauberer wurde ganz freundlich von den süßen Worten und sagte:

»Oh ja, liebes Kätzchen, das kann ich auch«, und sprang als eine Maus im Zimmer herum.

Der Kater fing die Maus mit einem Satz und fraß sie auf.

Der König war mit dem Grafen und der Prinzessin weiter spazieren gefahren und kam zu der großen Wiese.

»Wem gehört das Heu?«, fragte der König.

»Dem Herrn Grafen!«, riefen alle, wie der Kater es ihnen befohlen hatte.

»Ihr habt da ein schönes Stück Land, Herr Graf«, sagte der König.

Danach kamen sie an das große Kornfeld.

»Wem gehört das Korn, ihr Leute?«

»Dem Herrn Grafen.«

»Oh! Herr Graf! Große, schöne Ländereien!«

Darauf zum Wald.

»Wem gehört das Holz, ihr Leute?«

»Dem Herrn Grafen.«

Der König wunderte sich noch mehr und sagte:

»Ihr müsst ein reicher Mann sein, Herr Graf! Ich glaube nicht, dass ich einen so prächtigen Wald habe.«

Endlich kamen sie an das Schloss. Der Kater stand oben an der Treppe, und als der Wagen unten hielt, sprang er herab, machte die Tür auf und sagte: »Herr König, Ihr gelangt hier in das Schloss meines Herrn, des Grafen, den diese Ehre für sein Lebtag glücklich machen wird.«

Der König stieg aus und wunderte sich über das prächtige Gebäude, das fast größer und schöner war als sein Schloss. Der Graf führte die Prinzessin die Treppe hinauf in den Saal, der von Gold und Edelsteinen flimmerte.

Da wurde die Prinzessin mit dem Grafen verlobt, und als der König starb, wurde er König und der gestiefelte Kater erster Minister.

Der Wolf und die sieben jungen Geißlein

Es war einmal eine alte Geiß, die hatte sieben junge Geißlein und hatte sie sehr lieb. Eines Tages wollte sie in den Wald gehen und Futter holen, da rief sie alle sieben herbei und sprach:

»Liebe Kinder, ich will hinaus in den Wald. Seid auf der Hut vor dem Wolf! Wenn er hereinkommt, frisst er euch mit Haut und Haar. Der Bösewicht verstellt sich oft, aber an seiner rauen Stimme und an seinen schwarzen Füßen werdet ihr ihn gleich erkennen.«

Die Geißlein sagten:

»Liebe Mutter, wir wollen uns schon in Acht nehmen. Du kannst ohne Sorge fortgehen.«

Da nickte die Alte und machte sich getrost auf den Weg in den Wald.

Es dauerte nicht lange, da klopfte jemand an die Haustür und rief:

»Macht auf, ihr lieben Kinder. Eure Mutter ist da und hat jedem von euch etwas mitgebracht!«

Aber die Geißlein hörten an der rauen Stimme, dass es der Wolf war.

»Wir machen nicht auf!«, riefen sie. »Du bist nicht unsere Mutter. Die hat eine feine und liebliche Stimme, aber deine Stimme ist rau. Du bist der Wolf.«

Da ging der Wolf fort zu einem Krämer und kaufte sich ein großes Stück Kreide. Er aß es auf und machte damit seine Stimme fein. Dann kam er zurück, klopfte an die Haustür und rief:

»Macht auf, ihr lieben Kinder, eure Mutter ist da und hat jedem von euch etwas mitgebracht!«

Aber der Wolf hatte seine schwarze Pfote ans Fenster gelegt. Das sahen die Kinder und riefen:

»Wir machen nicht auf! Unsere Mutter hat keinen schwarzen Fuß wie du. Du bist der Wolf!«

Da lief der Wolf zu einem Bäcker und sprach:

»Ich habe mich am Fuß gestoßen. Streich mir Teig darüber.«

Als ihm der Bäcker die Pfote bestrichen hatte, lief er zum Müller und sprach: »Streu mir weißes Mehl auf meine Pfote.«

Der Müller dachte: Der Wolf will jemanden betrügen, und weigerte sich. Aber der Wolf sprach:

»Wenn du es nicht tust, fresse ich dich!«

Da fürchtete sich der Müller und machte ihm die Pfote weiß. Ja, so sind die Menschen.

Nun ging der Bösewicht zum dritten Mal zu der Haustür, klopfte an und sprach:

»Macht auf, Kinder, euer liebes Mütterchen ist heimgekommen und hat jedem von euch etwas aus dem Wald mitgebracht!«

Die Geißlein riefen:

»Zeig uns zuerst deine Pfote, damit wir wissen, dass du unser liebes Mütterchen bist.«

Da legte der Wolf die Pfote ans Fenster, und als sie sahen, dass sie weiß war, glaubten sie, es wäre alles wahr, was er sagte, und machten die Tür auf. Wer aber hereinkam, war der Wolf.

Die Geißlein erschraken und wollten sich verstecken. Das eine sprang unter den Tisch, das zweite ins Bett, das dritte in den Ofen, das vierte in die Küche, das fünfte in den Schrank, das sechste unter die Waschschüssel, das siebte in den Kasten der Wanduhr. Aber der Wolf fand sie alle und machte kein langes Federlesen: Eins nach dem andern schluckte er in seinen Rachen. Nur das Jüngste im Uhrkasten fand er nicht. Als der Wolf satt war, trollte er sich, legte sich draußen auf der grünen Wiese unter einen Baum und fing an zu schlafen.

Nicht lange danach kam die alte Geiß aus dem Wald wieder heim. Ach, was musste sie da erblicken! Die Haustür stand sperrangelweit offen! Tisch, Stühle und Bänke waren umgeworfen, die Waschschüssel lag in Scherben, Decke und Kissen waren aus dem Bett gezogen! Sie suchte ihre Kinder, aber nirgends waren sie zu finden. Sie rief sie nacheinander beim Namen, aber niemand antwortete. Endlich, als sie an das Jüngste kam, rief eine feine Stimme:

»Liebe Mutter, ich stecke im Uhrkasten.«

Sie holte es heraus, und es erzählte ihr, dass der Wolf gekommen sei und die anderen alle gefressen hätte. Da könnt ihr denken, wie sie über ihre armen Kinder geweint hat!

Endlich ging sie in ihrem Jammer hinaus und das jüngste Geißlein lief mit. Als sie auf die Wiese kam, lag da der Wolf unterm Baum und schnarchte, dass die Äste zitterten. Sie betrachtete ihn von allen Seiten und sah, dass in seinem angefüllten Bauch sich etwas regte und zappelte. Ach, dachte sie, sollten meine armen Kinder, die er hinuntergewürgt hat, noch am Leben sein? Da musste das Geißlein nach Hause laufen und Schere, Nadel und Zwirn holen. Dann schnitt die alte Geiß dem Ungetüm den Wanst auf. Und kaum hatte sie einen Schnitt gemacht, streckte schon ein Geißlein den Kopf heraus, und als sie weiterschnitt, sprangen nacheinander alle sechs heraus, waren am Leben und hatten nicht einmal Schaden erlitten, denn das Ungetüm hatte sie in der Gier ganz hinuntergeschluckt.

Das war eine Freude! Da herzten sie ihre liebe Mutter und hüpften wie ein Schneider, der Hochzeit hält. Die Alte aber sagte:

»Jetzt geht und sucht Wackersteine! Damit wollen wir dem bösen Tier den Bauch füllen, solange es noch schläft.«

Da schleppten die sieben Geißlein in aller Eile die Steine herbei und steckten sie ihm in den Bauch, so viele hineinpassten. Dann nähte ihn die Alte in aller Geschwindigkeit wieder zu, sodass er nichts merkte und sich nicht einmal regte.

Als der Wolf endlich ausgeschlafen hatte, stand er auf, und weil ihm die Steine im Magen so großen Durst machten, wollte er zu einem Brunnen gehen und trinken. Als er aber anfing, zu gehen und sich hin und her zu bewegen, stießen die Steine in seinem Bauch aneinander und rappelten. Da rief er:

»Was rumpelt und pumpelt
in meinem Bauch herum?
Ich meinte, es wären sechs Geißlein,
doch sind's lauter Wackerstein'.«

Als er an den Brunnen kam und sich über das Wasser bückte und trinken wollte, da zogen ihn die schweren Steine hinein, und er musste ersaufen. Als die sieben Geißlein das sahen, kamen sie eilig herbeigelaufen und riefen laut:

»Der Wolf ist tot! Der Wolf ist tot!«, und tanzten mit ihrer Mutter vor Freude um den Brunnen herum.

Die Bremer Stadtmusikanten

Ein Mann hatte einen Esel, der schon lange Jahre die Säcke unverdrossen zur Mühle getragen hatte, dessen Kräfte aber nun zu Ende gingen, sodass er zur Arbeit immer untauglicher wurde. Da dachte der Herr daran, ihn abzuschaffen. Aber der Esel merkte, dass kein guter Wind wehte, lief fort und machte sich auf den Weg nach Bremen. Dort, meinte er, könnte er ja Stadtmusikant werden. Als er ein Weilchen gelaufen war, fand er einen Jagdhund auf dem Weg liegen, der japste wie einer, der sich müde gelaufen hat.

»Nun, was japst du so?«, fragte der Esel.

»Ach«, sagte der Hund, »weil ich alt bin, jeden Tag schwächer werde und auch auf der Jagd nicht mehr weit komme, wollte mich mein Herr totschlagen. Da hab ich Reißaus genommen. Aber womit soll ich nun mein Brot verdienen?«

»Weißt du, was?«, sprach der Esel. »Ich gehe nach Bremen und werde dort Stadtmusikant. Geh mit und mach auch Musik. Ich spiele die Laute und du schlägst die Pauken.«

Der Hund war einverstanden und sie gingen weiter. Es dauerte nicht lange, da saß eine Katze am Weg und machte ein Gesicht wie drei Tage Regenwetter.

»Nun, was ist dir in die Quere gekommen, alte Bartputzerin?«, sprach der Esel.

»Wer kann lustig sein, wenn's ihm an den Kragen geht!«, antwortete die Katze. »Weil ich nun in die Jahre gekommen bin, meine Zähne stumpf werden und ich lieber hinter dem Ofen sitze und spinne, als Mäuse zu jagen, hat mich mein Frauchen ersäufen wollen. Ich habe mich zwar davongemacht, aber nun ist guter Rat teuer: Wo soll ich hin?«

»Geh mit uns nach Bremen! Du verstehst dich doch auf die Nachtmusik, also kannst du auch Stadtmusikantin werden.«

Die Katze hielt das für gut und ging mit. Bald darauf kamen die drei Landesflüchtigen an einem Hof vorbei. Da saß auf dem Tor der Haushahn und schrie aus Leibeskräften.

»Du schreist einem durch Mark und Bein«, sprach der Esel. »Was hast du denn?«

»Ich habe zwar gutes Wetter prophezeit«, sprach der Hahn, »aber weil morgen zum Sonntag Gäste kommen, hat die Hausfrau trotzdem kein Erbarmen mit mir und hat der Köchin gesagt, sie will mich morgen in der Suppe essen! Und da soll ich mir heute Abend den Kopf abschneiden lassen! Nun schrei ich aus vollem Hals, solange ich kann.«

»Ach was, du Rotkopf«, sagte der Esel. »Zieh lieber mit uns fort. Wir gehen nach Bremen. Etwas Besseres als den Tod findest du überall. Du hast eine gute Stimme, und wenn wir zusammen musizieren, wird das passen.«

Dem Hahn gefiel der Vorschlag und sie gingen alle vier zusammen fort.

Sie konnten aber die Stadt Bremen an einem Tag nicht erreichen und kamen abends in einen Wald, wo sie übernachten wollten. Der Esel und der Hund legten sich unter einen großen Baum, die Katze und der Hahn stiegen in die Äste. Der Hahn aber flog bis an die Spitze, wo es am sichersten für ihn war. Ehe er einschlief, sah er sich noch einmal nach allen vier Winden um. Da schien es ihm, als sähe er in der Ferne ein Fünkchen brennen, und

er rief seinen Gesellen zu, es müsse ein Haus in der Nähe sein, denn es scheine ein Licht.

Da sprach der Esel: »Also machen wir uns auf und gehen hin, denn hier lässt es sich schlecht bleiben.«

Der Hund meinte, ein paar Knochen und etwas Fleisch daran täten ihm auch gut. Also machten sie sich auf den Weg in Richtung Licht und sahen es bald heller schimmern. Es wurde immer größer, bis sie vor ein helles, erleuchtetes Räuberhaus kamen. Der Esel, der der Größte war, näherte sich dem Fenster und schaute hinein.

»Was siehst du, Grauschimmel?«, fragte der Hahn.

»Was ich sehe?«, antwortete der Esel. »Einen gedeckten Tisch mit schönem Essen und Trinken und Räuber sitzen daran und lassen es sich gut gehen.«

»Das wäre was für uns«, sprach der Hahn.

»Jaja, ach, wären wir da!«, sagte der Esel.

Da beratschlagten die Tiere, was sie tun sollten, um die Räuber hinauszujagen, und hatten schließlich eine Idee. Der Esel musste sich mit den Vorderfüßen auf das Fenster stellen, der Hund auf des Esels Rücken springen, die Katze auf den Hund klettern, und zum Schluss flog der Hahn hinauf und setzte sich der Katze auf den Kopf. Als das geschehen war, fingen sie auf ein Zeichen alle an, ihre Musik zu machen: Der Esel schrie, der Hund bellte, die Katze miaute, und der Hahn krähte. Dann stürzten sie durch das Fenster in die Stube hinein, dass die Scheiben klirrten. Die Räuber fuhren bei dem entsetzlichen Geschrei in die Höhe, glaubten, ein Gespenst käme herein, und flohen in größter Furcht in den Wald hinaus.

Nun setzten sich die vier Gesellen an den Tisch, nahmen mit dem vorlieb, was übrig geblieben war, und aßen nach Herzenslust.

Als die vier Spielleute fertig waren, löschten sie das Licht und suchten sich eine Schlafstelle, jeder nach seiner Natur. Der Esel legte sich auf den Misthaufen im Hof, der Hund hinter die Tür, die Katze auf den Herd zur warmen Asche, der Hahn setzte sich auf den Hahnenbalken. Und weil sie müde waren von ihrem langen Weg, schliefen sie auch bald ein. Als Mitternacht vorbei war und die Räuber von Weitem sahen, dass im Haus kein Licht mehr brannte und alles ruhig schien, sprach der Hauptmann:

»Wir hätten uns gar nicht solche Angst einjagen lassen sollen!«, und schickte einen hin, um das Haus zu untersuchen. Der Losgeschickte fand alles still und ging in die Küche, um ein Licht anzuzünden. Und weil er dachte, die glühenden, feurigen Augen der Katze seien lebendige Kohlen, hielt er ein Schwefelhölzchen daran, damit es Feuer fangen sollte. Aber die Katze verstand keinen Spaß, sprang ihm ins Gesicht, spuckte und kratzte. Da erschrak er gewaltig, lief und wollte zur Hintertür hinaus, aber der Hund, der da lag, sprang auf und biss ihn ins Bein, und als er über den Hof am Misthaufen vorbeikam, gab ihm der Esel noch einen tüchtigen Tritt mit dem Hinterfuß. Und der Hahn, der vom Lärm aus dem Schlaf geweckt und munter geworden war, rief vom Balken herab:

»Kikeriki!«

Da lief der Räuber, so schnell er konnte, zu seinem Hauptmann zurück und sprach:

»Ach, in dem Haus sitzt etwas Gruseliges, das hat mich angehaucht und mir mit seinen langen Fingern das Gesicht zerkratzt. Und vor der Tür steht ein Mann mit einem Messer, der hat mich ins Bein gestochen. Und auf dem Hof liegt ein schwarzes Ungetüm, das hat mit einer Holzkeule auf mich losgeschlagen. Und oben auf dem Dach sitzt der Richter, der rief: ›Bringt mir den Schelm her!‹ Da machte ich, dass ich fortkam.«

Von nun an trauten sich die Räuber nicht wieder in das Haus.

Den vier Bremer Musikanten gefiel es aber so gut darin, dass sie nicht wieder herauswollten. Und wenn sie nicht gestorben sind, dann musizieren sie noch heut.

Dornröschen

Vor Zeiten lebten ein König und eine Königin, die sprachen jeden Tag:

»Ach, wenn wir doch ein Kind hätten!«, und kriegten immer keins.

Da trug es sich zu, als die Königin einmal badete, dass ein Frosch aus dem Wasser ans Land kroch und zu ihr sprach:

»Dein Wunsch wird erfüllt werden. Ehe ein Jahr vergeht, wirst du eine Tochter zur Welt bringen.«

Was der Frosch gesagt hatte, das geschah, und die Königin gebar ein Mädchen, das war so wunderbar, dass der König vor Freude außer sich war und ein großes Fest abhielt. Er lud nicht nur seine Verwandten, Freunde und Bekannten, sondern auch die weisen Frauen dazu ein, damit sie dem Kind hold und gewogen wären. Es gab davon dreizehn in seinem Reich. Weil er aber nur zwölf goldene Teller hatte, von welchen sie essen sollten, musste eine von ihnen daheimbleiben.

Das Fest wurde mit aller Pracht gefeiert, und als es zu Ende war, beschenkten die weisen Frauen das Kind mit ihren Wundergaben: Die eine mit Tugend, die andere mit Schönheit, die dritte mit Reichtum, und so mit allem, was auf der Welt zu wünschen ist. Als elf ihre Sprüche gerade getan hatten, trat plötzlich die dreizehnte herein. Sie wollte sich dafür rächen, dass sie nicht eingeladen war, und ohne jemanden zu grüßen oder auch nur anzusehen, rief sie mit lauter Stimme:

»Die Königstochter soll sich in ihrem fünfzehnten Jahr an einer Spindel stechen und tot hinfallen.«

Ohne ein weiteres Wort zu sprechen, kehrte sie um und verließ den Saal. Alle waren erschrocken, doch da trat die zwölfte hervor, die ihren Wunsch noch übrig hatte. Und weil sie den bösen Spruch nicht aufheben, sondern ihn nur mildern konnte, sagte sie:

»Es soll aber kein Tod sein, sondern ein hundertjähriger tiefer Schlaf, in welchen die Königstochter fällt.«

Der König, der sein liebes Kind vor dem Unglück gern bewahren wollte, gab den Befehl, dass alle Spindeln im ganzen Königreich verbrannt werden sollten. An dem Mädchen aber wurden die Gaben der weisen Frauen sämtlich erfüllt, denn es war so wunderbar, freundlich und verständig, dass es jeder, der es erlebte, lieb haben musste. Es geschah, dass an dem Tag, als es gerade fünfzehn Jahre alt wurde, der König und die Königin nicht zu Hause waren und das Mädchen ganz allein im Schloss zurückblieb. Da ging es überall herum, besah Stuben und Kammern, wie es Lust hatte, und kam endlich auch an einen alten Turm. Es stieg die enge Wendeltreppe hinauf und gelangte zu einer kleinen Tür. In dem Schloss steckte ein verrosteter Schlüssel, und als es ihn umdrehte, sprang die Tür auf und in einem kleinen Stübchen saß eine alte Frau mit einer Spindel und spann emsig ihren Flachs.

»Guten Tag, du altes Mütterchen«, sprach die Königstochter. »Was machst du da?«

»Ich spinne«, sagte die Alte und nickte mit dem Kopf.

»Was ist das für ein Ding, das so lustig herumspringt?«,

sprach das Mädchen, nahm die Spindel und wollte auch spinnen.

Kaum hatte sie aber die Spindel angerührt, so ging der Zauberspruch in Erfüllung, und sie stach sich damit in den Finger.

In dem Augenblick, wo sie den Stich empfand, fiel sie auf das Bett nieder, das da stand, und lag in einem tiefen Schlaf.

Und dieser Schlaf verbreitete sich über das ganze Schloss: Der König und die Königin, die eben heimgekommen und in den Saal getreten waren, fingen an einzuschlafen und der ganze Hofstaat mit ihnen. Da schliefen auch die Pferde im Stall, die Hunde im Hof, die Tauben auf dem Dach, die Fliegen an der Wand, ja, das Feuer, das auf dem Herd flackerte, wurde still und schlief ein. Der Braten hörte auf zu brutzeln, und der Koch, der den Deckel auf den Topf legen wollte, hielt ihn fest und schlief. Und der Wind legte sich und auf den Bäumen vor dem Schloss regte sich kein Blättchen mehr.

Rings um das Schloss aber begann eine Dornenhecke zu wachsen, die jedes Jahr höher wurde und endlich das ganze Schloss umzog und darüber hinauswuchs, sodass gar nichts davon zu sehen war, nicht einmal die Fahne auf dem Dach.

Es ging aber im Land die Sage vom schlafenden Dornröschen, denn so wurde die Königstochter genannt, sodass von Zeit zu Zeit Königssöhne kamen und durch die Hecke in das Schloss dringen wollten. Es war ihnen aber nicht möglich, denn die Dornen, als hätten sie Hände,

hielten fest zusammen, und die Jünglinge blieben darin hängen, konnten sich nicht losmachen und starben.

Nach langen Jahren kam wieder einmal ein Königssohn in das Land und hörte, wie ein alter Mann von der Dornenhecke erzählte. Es sollte ein Schloss dahinter stehen, in welchem eine wunderbare Königstochter, Dornröschen genannt, schon seit hundert Jahren schliefe und mit ihr der König und die Königin und der ganze Hofstaat. Er wusste auch von seinem Großvater, dass schon viele Königssöhne gekommen waren und versucht hatten, durch die Dornenhecke zu dringen, aber sie waren darin hängen geblieben und gestorben. Da sprach der Jüngling:

»Ich fürchte mich nicht. Ich will hinaus und das Dornröschen sehen.«

Der gute Alte mochte ihm abraten, wie er wollte, der Jüngling hörte nicht auf seine Worte. Nun waren aber

gerade die hundert Jahre verflossen, und der Tag war gekommen, an dem Dornröschen wieder erwachen sollte. Als der Königssohn sich der Dornenhecke näherte, waren es lauter große schöne Blumen, die taten sich von selbst auseinander und ließen ihn unbeschädigt hindurch. Hinter ihm taten sie sich wieder als Hecke zusammen. Im Schlosshof sah er die Pferde und scheckigen Jagdhunde liegen und schlafen. Auf dem Dach saßen die Tauben und hatten das Köpfchen unter den Flügel gesteckt. Und als er ins Haus kam, schliefen die Fliegen an der Wand, der Koch in der Küche hielt noch den De-

ckel für den Topf, und die Magd saß vor dem schwarzen Huhn, das gerupft werden sollte.

Da ging er weiter und sah im Saal den ganzen Hofstaat liegen und schlafen und oben auf dem Thron lagen der König und die Königin. Da ging er noch weiter, und alles war so still, dass man seinen Atem hören konnte. Endlich kam er zum Turm und öffnete die Tür zu der kleinen Stube, in welcher Dornröschen schlief. Da lag es und war so wunderbar, dass er die Augen nicht abwenden konnte. Und er bückte sich und gab ihm einen Kuss.

Als er es mit dem Kuss berührt hatte, schlug Dornröschen die Augen auf, erwachte und blickte ihn ganz freundlich an. Da gingen sie zusammen herab, und der König erwachte und die Königin und der ganze Hofstaat und sahen einander mit großen Augen an. Und die Pferde im Hof standen auf und rüttelten sich. Die Jagdhunde sprangen und wedelten. Die Tauben auf dem Dach zogen das Köpfchen unterm Flügel hervor, blickten umher und flogen ins Feld. Die Fliegen an den Wänden krochen weiter. Das Feuer in der Küche erhob sich, flackerte und kochte das Essen. Der Braten fing wieder zu brutzeln an. Und der Koch warf den Deckel auf den Topf, dass es knallte, und die Magd rupfte das Huhn fertig.

Da wurde die Hochzeit des Königssohns mit dem Dornröschen in aller Pracht gefeiert und sie lebten vergnügt bis an ihr Ende.

Frau Holle

Eine Witwe hatte zwei Töchter, davon war die eine klug und fleißig, die andere dumm und faul. Sie hatte aber die dumme und faule, weil sie ihre richtige Tochter war, viel lieber. Die andere musste alle Arbeit tun und das Aschenputtel im Haus sein. Das arme Mädchen musste sich täglich auf die große Straße an den Brunnen setzen und so viel spinnen, dass ihm das Blut aus den Fingern sprang. Nun trug es sich zu, dass die Spule einmal ganz blutig war, da bückte es sich damit in den Brunnen und wollte sie abwaschen. Sie sprang ihm aber aus der Hand und fiel hinab. Das Mädchen weinte, lief zur Stiefmutter und erzählte ihr das Unglück. Sie schimpfte es aber so heftig und war so unbarmherzig, dass sie sprach:

»Hast du die Spule hinunterfallen lassen, dann hol sie auch wieder herauf.« Da ging das Mädchen zum Brunnen zurück und wusste nicht, was es tun sollte. Und in seiner Herzensangst sprang es in den Brunnen hinein, um die Spule zu holen. Es verlor die Besinnung, und als es wieder zu sich kam, war es auf einer schönen Wiese, wo die Sonne schien und vieltausend Blumen standen. Auf dieser Wiese ging es entlang und kam zu einem Backofen, der voller Brot war. Und das Brot rief:

»Ach, zieh mich raus, zieh mich raus, sonst verbrenn ich!
Ich bin schon längst ausgebacken.«

Da ging es hin und holte mit dem Brotschieber alles nacheinander heraus. Danach ging es weiter und kam zu einem Baum, der hing voll Äpfel. Er rief ihm zu:

»Ach, schüttle mich, schüttle mich! Wir Äpfel sind alle miteinander reif.«

Da schüttelte es den Baum, dass die Äpfel fielen, als regneten sie, und schüttelte, bis keiner mehr oben war. Und als es alle in einen Haufen zusammengelegt hatte, ging es wieder weiter. Endlich kam es zu einem kleinen Haus, daraus guckte eine alte Frau hervor. Weil sie aber so große Zähne hatte, bekam es Angst und wollte fortlaufen. Die alte Frau aber rief ihm nach:

»Was fürchtest du dich, liebes Kind? Bleib bei mir. Wenn du alle Arbeit im Hause ordentlich tun willst, soll es dir gut gehen. Du musst nur achtgeben, dass du mein Bett gut machst und es fleißig aufschüttelst, dass die Federn fliegen, denn dann schneit es in der Welt. Ich bin die Frau Holle.«

Weil die Alte ihm so gut zusprach, fasste sich das Mädchen ein Herz, willigte ein und begab sich in ihren Dienst. Es erledigte auch alles nach ihrer Zufriedenheit und schüttelte ihr das Bett immer gewaltig auf, sodass die Federn wie Schneeflocken umherflogen. Dafür hatte es auch ein gutes Leben bei ihr, kein böses Wort und jeden Tag Gekochtes und Gebratenes. Nun war es eine Zeit lang bei der Frau Holle, da wurde es traurig und wusste anfangs selbst nicht, was ihm fehlte. Endlich merkte es, dass es Heimweh war. Obwohl es ihm hier vieltausendmal besser ging als zu Hause, sehnte es sich trotzdem dahin. Endlich sagte es zu Frau Holle:

»Ich habe Heimweh, und wenn es mir auch noch so gut

hier unten geht, so kann ich doch nicht länger bleiben. Ich muss wieder hinauf zu den Meinen.«

Die Frau Holle sagte:

»Es gefällt mir, dass du wieder nach Haus möchtest, und weil du mir so treu gedient hast, will ich dich selbst wieder hinaufbringen.«

Sie nahm es daraufhin bei der Hand und führte es vor ein großes Tor. Das wurde aufgetan, und als das Mädchen genau darunter stand, fiel ein gewaltiger Goldregen herab. Alles Gold blieb an ihm hängen, sodass es über und über davon bedeckt war.

»Das sollst du haben, weil du so fleißig gewesen bist«, sprach die Frau Holle und gab ihm auch die Spule wieder, die ihm in den Brunnen gefallen war. Daraufhin wurde das Tor verschlossen, und das Mädchen befand sich oben auf der Welt, nicht weit vom Haus seiner Mutter. Und als es in den Hof kam, saß der Hahn auf dem Brunnen und rief:

»Kikeriki,
unsere goldene Jungfrau ist wieder hie.«

Da ging es hinein zu seiner Mutter, und weil es so mit Gold bedeckt ankam, wurde es von ihr und der Schwester gut aufgenommen.

Das Mädchen erzählte alles, was ihm geschehen war, und als die Mutter hörte, wie es zu dem großen Reichtum gekommen war, wollte sie der anderen, dummen und faulen Tochter gerne dasselbe Glück verschaffen. Sie musste sich an den Brunnen setzen und spinnen. Und damit ihre Spule blutig wurde, stach sie sich in die Finger und stieß die Hand in die Dornenhecke. Dann warf sie die Spule in den Brunnen und sprang selbst hinein. Sie kam, wie die andere, auf die schöne Wiese und ging auf demselben Pfad weiter.

Als sie zu dem Backofen gelangte, schrie das Brot wieder:

»Ach, zieh mich raus, zieh mich raus, sonst verbrenn ich! Ich bin schon längst ausgebacken.«

Die Faule aber antwortete:
»Soll ich mich etwa schmutzig machen?«, und ging fort.

Bald kam sie zu dem Apfelbaum, der rief:

»Ach, schüttle mich, schüttle mich! Wir Äpfel sind alle miteinander reif.«

Doch sie antwortete:
»Das mache ich nicht, es könnte mir ja einer auf den Kopf fallen«, und ging weiter.

Als sie vor Frau Holles Haus kam, fürchtete sie sich nicht, weil sie von ihren großen Zähnen schon gehört hatte, und ging gleich bei ihr in Dienst. Am ersten Tag zwang sie sich selbst noch zu allem, war fleißig und folgte der Frau Holle, wenn sie ihr etwas sagte, denn sie dachte an das viele Gold, das sie ihr schenken würde. Am zweiten Tag fing sie aber schon an zu faulenzen. Am dritten noch mehr, da wollte sie morgens gar nicht aufstehen. Sie machte auch der Frau Holle das Bett nicht, wie es sich gehörte, und schüttelte es nicht, dass die Federn aufflogen. Da war es die Frau Holle bald leid und sie kündigte ihr den Dienst. Die Faule war damit zufrieden und meinte, nun würde

der Goldregen kommen. Die Frau Holle führte sie auch zu dem Tor. Als sie aber darunterstand, wurde statt des Goldes ein großer Kessel voll Pech ausgeschüttet.

»Das ist zur Belohnung deiner Dienste«, sagte die Frau Holle und schloss das Tor zu.

Da kam die Faule heim, und sie war ganz mit Pech bedeckt, und als der Hahn auf dem Brunnen sie sah, rief er:

»Kikeriki,
unsere schmutzige Jungfrau ist wieder hie.«

Und das Pech blieb fest an ihr hängen und wollte, solange sie lebte, nicht mehr abgehen.

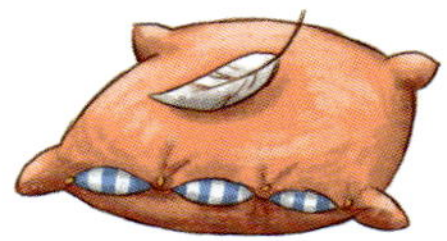

Hänsel und Gretel

Vor einem großen Wald wohnte ein armer Holzhacker mit seiner Frau und seinen zwei Kindern. Der Junge hieß Hänsel und das Mädchen Gretel. Sie hatten wenig zu essen, und einmal, als große Teuerung ins Land kam, konnten sie das tägliche Brot nicht mehr kaufen.

Als der Holzhacker sich nun abends im Bett Gedanken machte und sich vor Sorgen herumwälzte, seufzte er und sprach zu seiner Frau:

»Was soll aus uns werden? Wie können wir unsere armen Kinder ernähren, wenn wir für uns selbst nichts mehr haben?«

»Weißt du, was, Mann«, antwortete die Frau. »Wir werden morgen in aller Frühe die Kinder hinaus in den Wald führen, wo er am dichtesten ist. Da machen wir ihnen ein Feuer an und geben jedem noch ein Stückchen Brot. Dann gehen wir an unsere Arbeit und lassen sie allein. Sie finden den Weg nicht wieder nach Haus und wir sind sie los.«

»Nein, Frau«, sagte der Mann, »das tue ich nicht. Wie sollte ich es übers Herz bringen, meine Kinder im Wald allein zu lassen! Die wilden Tiere würden bald kommen und sie zerreißen.«

»Oh, du Narr«, sagte sie. »Dann müssen wir alle vier verhungern. Du kannst schon mal die Bretter für die Särge hobeln.«

Sie ließ ihm keine Ruhe, bis er einwilligte.

»Aber die armen Kinder tun mir trotzdem leid«, sagte der Mann.

Die zwei Kinder hatten vor Hunger auch nicht einschlafen können und gehört, was die Stiefmutter zum Vater gesagt hatte. Gretel weinte bittere Tränen und sprach zu Hänsel:

»Nun ist's um uns geschehen.«

»Warte nur, Gretel«, sprach Hänsel, »mach dir keine Sorgen, ich werde uns schon helfen.«

Und als die Alten eingeschlafen waren, stand er auf, zog sich an und schlich hinaus. Da schien der Mond ganz hell und die weißen Kieselsteine, die vor dem Haus lagen, glänzten. Hänsel bückte sich und steckte so viele in sein Manteltäschlein, wie hineinpassten. Er ging wieder zurück und sprach zu Gretel:

»Keine Sorge, liebes Schwesterchen, schlaf nur ruhig ein.«

Dann legte er sich wieder in sein Bett.

Als der Tag anbrach, noch ehe die Sonne aufgegangen war, kam schon die Frau und weckte die beiden Kinder:

»Steht auf, ihr Faulenzer, wir wollen in den Wald gehen und Holz holen.« Dann gab sie jedem ein Stückchen Brot und sprach:

»Da habt ihr etwas für den Mittag, aber esst's nicht vorher auf, mehr kriegt ihr nicht.«

Gretel nahm das Brot unter die Schürze, weil Hänsel die Steine in der Tasche hatte. Danach machten sie sich alle zusammen auf den Weg in den Wald. Als sie ein Weilchen gegangen waren, blieb Hänsel stehen und guckte zum Haus zurück und tat das wieder und immer wieder.

Der Vater sprach: »Hänsel, was guckst du da und bleibst zurück, komm und trödele nicht!«

»Ach, Vater«, sagte Hänsel. »Ich schaue nach meinem weißen Kätzchen. Das sitzt oben auf dem Dach und will mir Ade sagen.«

Die Frau sprach:

»Du Narr, das ist nicht dein Kätzchen, das ist die Morgensonne, die auf den Schornstein scheint.«

Hänsel hatte aber nicht nach dem Kätzchen gesehen, sondern immer einen von den blanken Kieselsteinen aus seiner Tasche auf den Weg geworfen.

Als sie mitten in den Wald gekommen waren, sprach der Vater:

»Nun sammelt Holz, Kinder, ich will ein Feuer anmachen, damit ihr nicht friert.«

Hänsel und Gretel trugen eine Menge Haselzweige zusammen, einen kleinen Berg hoch. Das Reisig wurde angezündet, und als die Flamme recht hoch brannte, sagte die Frau:

»Nun legt euch ans Feuer, Kinder, und ruht euch aus. Wir gehen in den Wald und hauen Holz. Wenn wir fertig sind, kommen wir zurück und holen euch ab.«

Hänsel und Gretel saßen um das Feuer, und als der Mittag kam, aß jedes sein Stücklein Brot. Und weil sie die Schläge der Holzaxt hörten, glaubten sie, ihr Vater wäre in der Nähe. Es war aber nicht die Holzaxt, es war ein Ast, den er an einen dürren Baum gebunden hatte und den der Wind hin und her schlug. Und als sie so lange gesessen hatten, fielen ihnen die Augen vor Müdigkeit zu, und sie schliefen fest ein. Als sie endlich erwachten, war es schon finstere Nacht. Gretel fing an zu weinen und sprach:

»Wie sollen wir nun aus dem Wald kommen?«

Aber Hänsel tröstete sie:

»Warte nur ein Weilchen, bis der Mond aufgegangen ist. Dann werden wir den Weg schon finden.«

Und als der volle Mond aufgestiegen war, nahm Hänsel sein Schwesterchen an der Hand und ging den Kieselsteinen nach. Die schimmerten und zeigten ihnen den Weg. Sie gingen die ganze Nacht hindurch und kamen bei anbrechendem Tag wieder zum Haus zurück. Sie klopften an die Tür, und als die Frau aufmachte und sah, dass es Hänsel und Gretel waren, sprach sie:

»Ihr bösen Kinder! Was habt ihr so lange im Walde geschlafen! Wir haben geglaubt, ihr wollt gar nicht zurückkommen.«

Der Vater aber freute sich, denn es war ihm zu Herzen gegangen, dass er sie so allein zurückgelassen hatte.

Nicht lange danach war wieder Not in allen Ecken, und die Kinder hörten, wie die Mutter nachts im Bett zum Vater sprach:

»Alles ist wieder aufgegessen. Wir haben noch einen halben Laib Brot, danach hat das Lied ein Ende. Die Kinder müssen fort. Wir wollen sie tiefer in den Wald hineinführen, damit sie den Weg nicht wieder herausfinden. Es gibt sonst keine Rettung für uns.«

Dem Mann wurde es schwer ums Herz und er dachte: Es wäre besser, wenn du den letzten Bissen mit deinen Kindern teiltest.

Aber die Frau hörte auf nichts, was er sagte, schimpfte ihn und machte ihm Vorwürfe. Und weil er das erste Mal nachgegeben hatte, so tat er es auch beim zweiten Mal.

Die Kinder waren aber noch wach gewesen und hatten das Gespräch mit angehört.

Als die Alten schliefen, stand Hänsel wieder auf, wollte hinaus und die Kieselsteine auflesen wie das vorige Mal. Aber die Frau hatte die Tür verschlossen und Hänsel konnte nicht heraus.

Er tröstete sein Schwesterchen und sprach:

»Wein nicht, Gretel, und schlaf nur ruhig. Es wird schon alles gut werden.«

Am frühen Morgen kam die Frau und holte die Kinder aus dem Bett. Sie erhielten ihr Stückchen Brot, das aber noch kleiner war als das vorige Mal. Auf dem Weg in den Wald zerbröckelte Hänsel es in der Tasche, blieb oft stehen und warf ein Bröcklein auf die Erde.

»Hänsel, was stehst du und guckst dich um?«, sagte der Vater. »Komm und trödele nicht!«

»Ich schaue nach meinem Täubchen. Das sitzt auf dem Dach und will mir Ade sagen«, antwortete Hänsel.

»Narr«, sagte die Frau. »Das ist nicht dein Täubchen, das ist die Morgensonne, die auf den Schornstein oben scheint.«

Hänsel aber warf nach und nach alle Bröcklein auf den Weg.

Die Frau führte die Kinder noch tiefer in den Wald, wo sie noch nie gewesen waren. Da wurde wieder ein großes Feuer angemacht, und die Mutter sagte: »Bleibt nur da sitzen, Kinder, und wenn ihr müde seid, könnt ihr ein wenig schlafen. Wir gehen in den Wald und hauen Holz, und abends, wenn wir fertig sind, kommen wir und holen euch ab.«

Als es Mittag war, teilte Gretel ihr Brot mit Hänsel, der sein Stück auf den Weg gestreut hatte. Dann schliefen sie ein und der Abend verging. Aber niemand kam zu den armen Kindern. Sie erwachten erst in der finsteren Nacht, und Hänsel tröstete sein Schwesterchen und sagte:

»Warte nur, Gretel, bis der Mond aufgeht. Dann werden wir die Brotbröcklein sehen, die ich ausgestreut habe, und die zeigen uns den Weg nach Haus.« Als der Mond kam, machten sie sich auf, aber sie fanden kein Bröcklein mehr, denn die tausend Vögel, die im Wald und im Feld umherfliegen, hatten sie weggepickt. Hänsel sagte zu Gretel:

»Wir werden den Weg schon finden.«

Aber sie fanden ihn nicht.

Sie gingen die ganze Nacht und noch einen Tag von morgens bis abends, aber sie kamen aus dem Wald nicht heraus und waren so hungrig, denn sie hatten nichts als ein paar Beeren, die sie von Sträuchern pflückten. Und weil sie so müde waren, dass die Beine sie nicht mehr tragen wollten, legten sie sich unter einen Baum und schliefen ein.

Nun war's schon der dritte Morgen, seit sie ihr Zuhause verlassen hatten. Sie fingen wieder an zu gehen, aber sie gerieten immer tiefer in den Wald, und wenn nicht bald Hilfe kam, mussten sie verhungern. Als es Mittag war, sahen sie ein schneeweißes Vöglein auf einem Ast sitzen. Das sang so schön, dass sie stehen blieben und ihm zuhörten. Und als es fertig war, schwang es seine Flügel und flog vor ihnen her, und sie gingen ihm nach, bis sie zu einem Häuschen gelangten, auf dessen Dach es sich setzte. Und als sie ganz nahe herankamen, sahen sie, dass das Häuslein aus Brot gebaut war und mit Kuchen gedeckt und die Fenster waren aus hellem Zucker.

»Sieh nur«, sprach Hänsel, »hier können wir uns einmal satt essen.«

Hänsel reckte sich in die Höhe und brach sich ein wenig vom Dach ab, um zu versuchen, wie es schmeckte, und Gretel stellte sich an die Scheiben und knusperte daran. Da rief eine feine Stimme aus der Stube heraus:

»Knusper, knusper, Knäuschen,
wer knuspert an meinem Häuschen?«

Die Kinder antworteten:

»Der Wind, der Wind,
das himmlische Kind!«,

und aßen weiter, ohne sich Angst machen zu lassen. Hänsel, dem das Dach sehr gut schmeckte, riss sich ein großes Stück davon herunter, und Gretel stieß eine ganze runde Fensterscheibe heraus, setzte sich hin und ließ es sich munden. Da ging auf einmal die Tür auf und eine steinalte Frau, die sich auf eine Krücke stützte, kam herausgeschlichen. Hänsel und Gretel erschraken so gewaltig, dass sie fallen ließen, was sie in den Händen hielten. Die Alte aber wackelte mit dem Kopf und sprach:

»Oh, ihr lieben Kinder, wer hat euch denn hierhergebracht? Kommt nur herein und bleibt bei mir, es geschieht euch kein Leid.«

Sie nahm beide an der Hand und führte sie in ihr Häuschen. Da wurde ein gutes Essen aufgetragen: Milch und Pfannkuchen mit Zucker, Äpfel und Nüsse. Danach wur-

den zwei schöne Bettlein weiß bezogen und Hänsel und Gretel legten sich hinein und meinten, sie wären im Himmel.

Die Alte hatte aber nur freundlich getan. In Wahrheit war sie böse und hatte das Brothäuslein bloß gebaut, um Kinder herbeizulocken. Wenn eins in ihre Falle ging, so kochte sie es und aß es, und das war ihr ein Festtag. Als Hänsel und Gretel in ihre Nähe gekommen waren, da hatte sie boshaft gelacht und höhnisch gesprochen:

»Die habe ich, die sollen mir nicht wieder entwischen!«

Frühmorgens, ehe die Kinder erwacht waren, stand sie schon auf, und als sie beide so lieblich ruhen sah, mit den vollen roten Backen, so murmelte sie vor sich hin:

»Das wird ein guter Bissen werden.«

Da packte sie Hänsel mit ihrer dürren Hand, trug ihn in einen kleinen Stall und sperrte ihn hinter einer Gittertür ein. Er mochte schreien, wie er wollte, es half ihm nichts. Dann ging sie zu Gretel, rüttelte sie wach und rief:

»Steh auf, Faulenzerin! Trag Wasser und koch deinem Bruder etwas Gutes! Der sitzt draußen im Stall und soll fett werden. Wenn er fett ist, so will ich ihn essen.«

Gretel fing bitterlich zu weinen an. Aber es war alles vergeblich, sie musste tun, was die böse Alte verlangte.

Nun wurde dem armen Hänsel das beste Essen gekocht, doch Gretel bekam nichts als magere Reste. Jeden Morgen schlich die Alte zum Ställchen und rief:

»Hänsel, streck deine Finger heraus, damit ich fühle, ob du bald fett bist.« Hänsel streckte ihr aber ein Knöchlein heraus und die Alte, die trübe Augen hatte, konnte es nicht sehen und meinte, es wären Hänsels Finger, und wunderte sich, dass er gar nicht fett werden wollte. Als vier Wochen herum waren und Hänsel mager blieb, überkam sie die Ungeduld, und sie wollte nicht länger warten.

»Heda, Gretel!«, rief sie dem Mädchen zu. »Sei flink und hol Wasser! Hänsel mag fett oder mager sein, morgen will ich ihn kochen.«

Ach, wie jammerte das arme Schwesterchen, als es das

Wasser tragen musste, und wie flossen ihm die Tränen die Backen herunter!

»Lieber Gott, hilf uns doch!«, rief sie aus. »Hätten uns doch bloß die wilden Tiere im Wald gefressen, dann wären wir zusammen gestorben!«

»Spar dir nur dein Geplärr«, sagte die Alte. »Es hilft dir alles nichts.«

Frühmorgens musste Gretel hinaus, den Kessel mit Wasser aufhängen und Feuer anzünden.

»Erst wollen wir backen«, sagte die Alte. »Ich habe den Backofen schon eingeheizt und den Teig geknetet.«

Sie stieß die arme Gretel hinaus zum Backofen, aus dem die Feuerflammen schon herausschlugen.

»Kriech hinein«, sagte die Alte, »und sieh nach, ob gut eingeheizt ist, damit wir das Brot hineinschieben können.«

Und wenn Gretel darin war, wollte sie den Ofen zumachen, und Gretel sollte darin braten, und dann wollte sie sie aufessen. Aber Gretel merkte, was sie im Sinn hatte, und sprach:

»Ich weiß nicht, wie ich's machen soll. Wie komme ich da hinein?»

»Dumme Gans«, sagte die Alte. »Die Öffnung ist groß genug. Siehst du, ich passe sogar selbst hinein!«

Sie ging auf die Knie und steckte den Kopf in den Backofen. Da gab ihr Gretel einen Stoß, dass sie weit hineinfuhr, machte die eiserne Tür zu und schob den Riegel vor.

Hu! Da fing die Alte an zu heulen, ganz fürchterlich!

Gretel lief schnurstracks zu Hänsel, öffnete sein Ställchen und rief:

»Hänsel, wir sind erlöst, die Alte ist tot.«

Da sprang Hänsel heraus wie ein Vogel aus dem Käfig, wenn ihm die Tür aufgemacht wird. Wie haben sie sich gefreut, sind sich um den Hals gefallen, herumgesprungen und haben sich geküsst! Und weil sie sich nicht mehr

zu fürchten brauchten, gingen sie in das Haus der bösen Alten hinein. Da standen in allen Ecken Kisten mit Perlen und Edelsteinen.

»Die sind noch besser als Kieselsteine«, sagte Hänsel und steckte so viele in seine Taschen, wie hineinpassten. Und Gretel sagte:

»Ich will auch etwas mit nach Haus bringen«, und füllte ihr Schürzchen voll. »Aber jetzt wollen wir fort«, sagte Hänsel, »damit wir aus dem Wald herauskommen.«

Als sie ein paar Stunden gegangen waren, gelangten sie an ein großes Wasser.

»Wir können nicht hinüber«, sprach Hänsel. »Ich sehe keinen Steg und keine Brücke.«

»Hier fährt auch kein Schiffchen«, antwortete Gretel, »aber da schwimmt eine weiße Ente. Wenn ich die bitte, hilft sie uns hinüber.«

Da rief sie:

»Entchen, Entchen,
da stehen Gretel und Hänsel.
Kein Steg und keine Brücken,
nimm uns auf deinen weißen Rücken.«

Das Entchen kam auch heran, und Hänsel setzte sich auf und bat sein Schwesterchen, sich zu ihm zu setzen.

»Nein«, antwortete Gretel, »es wird dem Entchen zu schwer, es soll uns nacheinander hinüberbringen.«

Das tat das gute Tierchen, und als sie glücklich drüben waren und ein Weilchen weitergingen, da kam ihnen der

Wald immer bekannter und immer bekannter vor, und endlich erblickten sie von Weitem ihr Elternhaus. Da fingen sie an zu laufen, stürzten in die Stube hinein und fielen ihrem Vater um den Hals. Der Mann hatte keine frohe Stunde gehabt, seitdem er die Kinder im Wald gelassen hatte. Die Frau aber war gestorben. Gretel schüttelte ihr Schürzchen aus, dass die Perlen und Edelsteine in der Stube herumsprangen, und Hänsel warf eine Handvoll nach der andern aus seiner Tasche dazu. Da hatten alle Sorgen ein Ende und sie lebten in lauter Freude zusammen.

Mein Märchen ist aus, dort läuft eine Maus, wer sie fängt, darf mit ihr spielen.

Rotkäppchen

Es war einmal ein kleines Mädchen, das hatte jeder lieb, der es nur ansah, am allerliebsten aber seine Großmutter, die gar nicht wusste, was sie dem Kind alles geben sollte. Einmal schenkte sie ihm ein Käppchen aus rotem Samt, und weil ihm das so gut stand und es nichts anderes mehr tragen wollte, hieß es nur noch das Rotkäppchen. Eines Tages sprach seine Mutter zu ihm:

»Komm, Rotkäppchen, da hast du ein Stück Kuchen und eine Flasche Wein. Bring das der Großmutter hinaus. Sie ist krank und schwach und das wird sie kräftigen. Mach dich auf, bevor es heiß wird, und wenn du hinauskommst, lauf nicht vom Weg ab, sonst fällst du und zerbrichst das Glas, und die Großmutter hat nichts mehr. Und wenn du in ihre Stube kommst, vergiss nicht, Guten Morgen zu sagen, und guck nicht erst in allen Ecken herum.«

»Ich will schon alles gut machen«, sagte Rotkäppchen zur Mutter und gab ihr die Hand darauf.

Die Großmutter wohnte draußen im Wald, eine halbe Stunde vom Dorf entfernt. Als nun Rotkäppchen in den Wald kam, begegnete ihm der Wolf. Rotkäppchen wusste aber nicht, wer das war, und fürchtete sich deshalb nicht vor ihm.

»Guten Tag, Rotkäppchen«, sprach er. »Wohin gehst du so früh?«

»Zur Großmutter.«

»Was trägst du unter der Schürze?«

»Kuchen und Wein. Gestern haben wir gebacken, damit soll sich die kranke und schwache Großmutter stärken.«

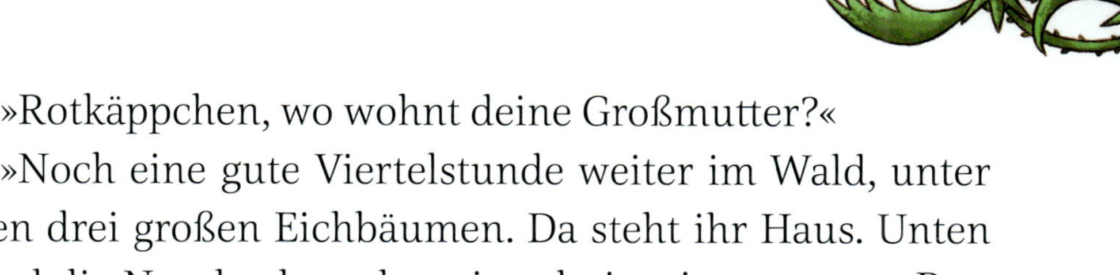

»Rotkäppchen, wo wohnt deine Großmutter?«

»Noch eine gute Viertelstunde weiter im Wald, unter den drei großen Eichbäumen. Da steht ihr Haus. Unten sind die Nusshecken, das wirst du ja wissen«, sagte Rotkäppchen.

Der Wolf dachte bei sich:

Das Mädchen ist ein fetter Bissen, der wird noch besser schmecken als die magere Großmutter. Ich muss es listig anfangen, damit ich beide erwische.

Er ging ein Weilchen neben Rotkäppchen her, dann sprach er:

»Rotkäppchen, sieh einmal die Blumen, die ringsumher stehen! Warum guckst du dich nicht einmal um? Ich glaube, du hörst auch gar nicht, wie die Vöglein so lieblich singen. Du trabst ja vor dich hin, als gingst du zur Schule, dabei ist es doch so lustig draußen im Wald.«

Rotkäppchen schlug die Augen auf, und als es sah, wie die Sonnenstrahlen zwischen den Bäumen hin und her tanzten und alles voll schöner Blumen stand, dachte es:

Wenn ich der Großmutter einen frischen Strauß mitbringe, wird der ihr Freude machen. Und es ist noch früh genug, damit ich trotzdem rechtzeitig ankomme.

Es lief vom Weg ab in den Wald hinein und suchte Blumen. Und wenn es eine gepflückt hatte, fand es, dass weiter weg eine noch schönere stand, und lief hin und geriet immer tiefer in den Wald hinein. Der Wolf aber ging geradewegs zum Haus der Großmutter und klopfte an die Tür.

»Wer ist da?«

»Rotkäppchen, das bringt Kuchen und Wein, mach auf.«

»Drück nur auf die Klinke«, rief die Großmutter. »Ich bin zu schwach und kann nicht aufstehen.«

Der Wolf drückte auf die Klinke, die Tür sprang auf, und er ging, ohne ein Wort zu sprechen, geradewegs zum Bett der Großmutter und verschluckte sie. Dann streifte er ihre Kleider über, setzte ihre Haube auf, zog die Vorhänge zu und legte sich in ihr Bett.

Rotkäppchen aber hatte Blumen gepflückt, und als es so viele zusammenhatte, dass es keine mehr tragen konnte, fiel ihm die Großmutter wieder ein, und es machte sich auf den Weg zu ihr. Es wunderte sich, dass die Tür offen stand, und als es in die Stube trat, kam es ihm so eigenartig darin vor, dass es dachte:

Oh, wie ängstlich wird mir zumute. Dabei bin ich sonst immer so gern bei der Großmutter!

Es rief:

»Guten Morgen«, bekam aber keine Antwort.

Darauf ging es zum Bett und zog die Vorhänge zurück. Da lag die Großmutter, hatte die Haube tief ins Gesicht gezogen und sah so seltsam aus.

»Ach, Großmutter, was hast du für große Ohren!«

»Damit ich dich besser hören kann.«

»Ach, Großmutter, was hast du für große Augen!«

»Damit ich dich besser sehen kann.«

»Ach, Großmutter, was hast du für große Hände!«

»Damit ich dich besser packen kann.«

»Aber, Großmutter, was hast du für ein entsetzlich großes Maul!«

»Damit ich dich besser fressen kann.«

Kaum hatte der Wolf das gesagt, machte er einen Satz aus dem Bett und verschlang das arme Rotkäppchen.

Als der Wolf satt war, legte er sich wieder ins Bett, schlief ein und fing überlaut zu schnarchen an. Der Jäger kam gerade am Haus vorbei und dachte:

Wie laut die alte Frau schnarcht! Ich muss sehen, ob ihr etwas fehlt.

Da trat er in die Stube, und als er vor ihrem Bett stand, sah er, dass der Wolf darin lag.

»Finde ich dich hier, du Schuft«, sagte der Jäger. »Ich habe dich lange gesucht.«

Gerade wollte er sein Gewehr anlegen, da fiel ihm ein, dass der Wolf die Großmutter gefressen haben könnte und dass sie vielleicht noch zu retten wäre. Er schoss nicht, sondern nahm eine Schere und fing an, dem schlafenden Wolf den Bauch aufzuschneiden. Als er ein paar Schnitte getan hatte, sah er das rote Käppchen leuchten, und noch ein paar Schnitte, da sprang das Mädchen heraus und rief:

»Ach, ich hatte Angst! Es war so dunkel in dem Wolf!«

Und dann kam die alte Großmutter auch noch lebendig heraus und rang nach Luft. Rotkäppchen holte schnell große Steine, damit füllten sie dem Wolf den Bauch. Als er aufwachte, wollte er fortspringen, aber die Steine waren so schwer, dass er gleich niedersank und tot umfiel.

Da waren alle drei vergnügt. Der Jäger zog dem Wolf den Pelz ab und ging damit heim, die Großmutter aß den Kuchen und trank den Wein, den Rotkäppchen gebracht hatte, und erholte sich wieder. Rotkäppchen aber dachte:

Ich will mein Lebtag nicht wieder allein vom Weg ab in den Wald laufen, wenn die Mutter es mir verboten hat.

Schneeweißchen und Rosenrot

Eine arme Witwe lebte in einem Hüttchen, und vor dem Hüttchen lag ein Garten, darin standen zwei Rosenbäumchen. Davon trug das eine weiße, das andere rote Rosen. Sie hatte zwei Kinder, die glichen den beiden Rosenbäumchen, und das eine hieß Schneeweißchen, das andere Rosenrot. Sie waren fleißig und guter Dinge: Schneeweißchen war nur stiller und sanfter als Rosenrot. Rosenrot sprang lieber in den Wiesen und Feldern herum, suchte Blumen und fing Sommervögel. Schneeweißchen aber saß daheim bei der Mutter, half ihr im Haus oder las ihr vor, wenn nichts zu tun war. Die beiden Kinder hatten einander so lieb, dass sie sich immer an den Händen fassten, sooft sie zusammen ausgingen, und wenn Schneeweißchen sagte:

»Wir wollen uns nicht verlassen«, antwortete Rosenrot:

»Solange wir leben nicht«, und die Mutter fügte hinzu:

»Was die eine hat, soll sie mit der anderen teilen.«

Oft liefen sie allein im Wald umher und sammelten rote Beeren, und kein Tier tat ihnen etwas zuleide, sondern sie kamen zutraulich herbei. Das Häschen fraß ein Kohlblatt aus ihren Händen, das Reh graste an ihrer Seite, der Hirsch sprang ganz lustig vorbei, und die Vögel blieben auf den Ästen sitzen und sangen, was sie nur wussten. Nichts Schlechtes stieß ihnen zu. Wenn sie sich im Wald verspätet hatten und die Nacht sie überfiel, legten sie sich nebeneinander auf das Moos und schliefen, bis der Morgen kam. Die Mutter wusste das und hatte ihretwegen keine Sorge. Einmal, als sie im Wald übernachtet hatten und das Morgenrot sie aufweckte, sahen sie ein schönes Kind in einem weißen, glänzenden Kleid neben ihrem Lager sitzen. Es stand auf und blickte sie ganz freundlich an, sprach aber nichts und ging in den Wald. Und als sie sich umsahen, da hatten sie ganz nahe an einem Abgrund geschlafen und wären gewiss hineingefallen, wenn sie in der Dunkelheit noch ein paar Schritte weitergegangen wären. Die Mutter sagte ihnen, das müsste ein Engel gewesen sein, der gute Kinder bewache.

Schneeweißchen und Rosenrot hielten das Hüttchen der Mutter so rein, dass es eine Freude war hineinzuschauen. Im Sommer kümmerte sich Rosenrot um das Haus und stellte der Mutter jeden Morgen, bevor sie aufwachte, einen Blumenstrauß vors Bett. Darin war von jedem Bäumchen eine Rose. Im Winter zündete Schneeweißchen das Feuer an und hing den Kessel an den Feuerhaken. Der Kessel war aus Messing, glänzte aber wie Gold, so rein war er gescheuert. Abends, wenn die Flocken fielen, sagte die Mutter:

»Geh, Schneeweißchen, und schieb den Riegel vor.«

Dann setzten sie sich an den Herd, und die Mutter nahm die Brille und las aus einem großen Buch vor. Die beiden Mädchen hörten zu, saßen und spannen. Neben ihnen lag ein Lämmchen auf dem Boden, und hinter ihnen auf einer Stange saß ein weißes Täubchen, das hatte seinen Kopf unter den Flügel gesteckt.

Eines Abends, als sie so vertraut beisammensaßen, klopfte jemand an die Tür. Die Mutter sprach:

»Rasch, Rosenrot, mach auf, es wird ein Wanderer sein, der Obdach sucht.«

Rosenrot ging, schob den Riegel weg und dachte, es wäre ein armer Mann. Aber es war keiner. Es war ein Bär, der seinen dicken schwarzen Kopf zur Tür hereinstreckte. Rosenrot schrie laut und sprang zurück. Das Lämmchen blökte, das Täubchen flatterte auf, und Schneeweißchen versteckte sich hinter dem Bett der Mutter. Der Bär sagte:

»Fürchtet euch nicht. Ich tue euch nichts zuleide. Ich bin halb erfroren und will mich nur bei euch wärmen.«

»Du armer Bär«, sprach die Mutter, »leg dich ans Feuer und gib nur acht, dass dir dein Pelz nicht anbrennt.«

Dann rief sie:

»Schneeweißchen, Rosenrot, kommt hervor, der Bär tut euch nichts. Er meint's ehrlich.«

Da kamen sie beide heran und nach und nach näherten sich auch das Lämmchen und das Täubchen und hatten keine Furcht vor ihm. Der Bär sprach:

»Kinder, klopft mir den Schnee ein wenig aus dem Pelz«, und sie holten den Besen und bürsteten dem Bär das Fell rein.

Er streckte sich am Feuer aus und brummte ganz vergnügt und behaglich. Es dauerte nicht lange, da wurden sie vertraut und trieben Schabernack mit dem unbeholfenen Gast. Sie zerzausten ihm das Fell mit den Händen, setzten ihre Füße auf seinen Rücken und walkten ihn hin und her, und wenn er brummte, dann lachten sie. Der Bär ließ sich's aber gern gefallen, nur wenn sie zu wild wurden, rief er:

»Lasst mich am Leben, Kinder!«

Als Schlafenszeit war und die anderen zu Bett gingen, sagte die Mutter zu ihm:

»Du kannst da am Herd liegen bleiben, dann bist du vor der Kälte und dem schlechten Wetter geschützt.«

Sobald der Tag graute, ließen ihn die beiden Kinder hinaus, und er trabte über den Schnee in den Wald hinein. Von nun an kam der Bär jeden Abend zur gleichen Stunde, legte sich an den Herd und erlaubte den Kindern, Spaß mit ihm zu treiben, so viel sie wollten. Und sie waren so gewöhnt an ihn, dass die Tür nicht eher zugeriegelt wurde, bis der schwarze Geselle da war.

Als das Frühjahr herangekommen war, sagte der Bär eines Morgens zu Schneeweißchen:

»Nun muss ich fort und kann den ganzen Sommer nicht wiederkommen.«

»Wo gehst du denn hin, lieber Bär?«, fragte Schneeweißchen.

»Ich muss in den Wald und meine Schätze vor den bösen Zwergen hüten. Im Winter, wenn die Erde hart gefroren ist, müssen sie unten bleiben und können sich nicht durcharbeiten, aber jetzt, wenn die Sonne die Erde aufgetaut und erwärmt hat, brechen sie durch, steigen herauf, suchen und stehlen. Was einmal in ihren Händen ist und in ihren Höhlen liegt, kommt so leicht nicht wieder zurück ans Tageslicht.«

Schneeweißchen war ganz traurig über den Abschied, und als sie ihm die Tür aufriegelte und der Bär sich hinausdrängte, blieb er am Türgriff hängen, und ein Stück seiner Haut riss auf. Da kam es Schneeweißchen vor, als hätte sie Gold durchschimmern gesehen, aber sie war sich ihrer Sache nicht sicher. Der Bär lief eilig fort und war bald hinter den Bäumen verschwunden.

Nach einiger Zeit schickte die Mutter die Kinder in den Wald, Haselzweige zu sammeln. Da fanden sie draußen einen großen Baum, der gefällt auf dem Boden lag. Am Stamm sprang zwischen dem Gras etwas auf und ab. Sie konnten aber nicht erkennen, was es war. Als sie näher kamen, sahen sie einen Zwerg mit einem alten, verwelkten Gesicht und einem ellenlangen schneeweißen Bart. Das Ende des Bartes war in einer Spalte des Baums eingeklemmt, und der Kleine sprang hin und her wie ein Hündchen an einem Seil und wusste nicht, wie er sich helfen sollte. Er glotzte die Mädchen mit seinen roten, feurigen Augen an und schrie: »Was steht ihr da! Könnt ihr nicht herkommen und mir Beistand leisten?«

»Was hast du denn getan, kleines Männchen?«, fragte Rosenrot.

»Dumme, neugierige Gans«, antwortete der Zwerg. »Den Baum habe ich spalten wollen, um kleines Holz für den Herd zu haben. Bei den dicken Klötzen verbrennt gleich das bisschen Essen, das unsereiner braucht, der nicht so viel hinunterschlingt wie ihr grobes, gieriges Volk. Ich hatte den Keil schon glücklich hineingetrieben, und es wäre alles nach Wunsch gegangen, aber das verwünschte Holz war zu glatt und sprang plötzlich heraus. Der Baum fiel so schnell um, dass ich meinen schönen weißen Bart nicht mehr herausziehen konnte. Nun steckt er drin und ich kann nicht fort. Ja, da lacht ihr albernen glatten Milchgesichter! Pfui, was seid ihr garstig!«

Die Kinder gaben sich alle Mühe, aber sie konnten den Bart nicht herausziehen. Er steckte zu fest.

»Ich will laufen und Leute herbeiholen«, sagte Rosenrot.

»Wahnsinnige Schafsköpfe«, schnarrte der Zwerg. »Wer wird gleich Leute herbeirufen? Ihr seid mir schon zwei zu viel! Fällt euch nicht Besseres ein?«

»Sei nur nicht ungeduldig«, sagte Schneeweißchen. »Ich werde dir schon helfen.«

Sie holte ihr Scherchen aus der Tasche und schnitt das Ende des Bartes ab.

Sobald der Zwerg sich frei fühlte, griff er nach einem Sack, der zwischen den Wurzeln des Baums steckte und

mit Gold gefüllt war, hob ihn heraus und brummte vor sich hin:

»Ungehobeltes Volk! Schneidet mir ein Stück von meinem stolzen Bart ab! Zum Kuckuck mit euch!«

Damit schwang er seinen Sack auf den Rücken und ging fort, ohne die Kinder noch einmal anzusehen.

Einige Zeit danach wollten Schneeweißchen und Rosenrot Fische angeln. Als sie nah am Bach waren, sahen sie, dass so etwas wie eine große Heuschrecke auf das Wasser zuhüpfte, als wollte es hineinspringen. Sie liefen hin und erkannten den Zwerg.

»Wo willst du hin?«, fragte Rosenrot. »Du willst doch nicht ins Wasser?«

»Solch ein Narr bin ich nicht!«, schrie der Zwerg. »Seht ihr nicht: Der Fisch will mich hineinziehen!«

Der Kleine hatte dagesessen und geangelt und unglücklicherweise hatte der Wind seinen Bart mit der Angelschnur verflochten. Als gleich darauf ein großer Fisch anbiss, fehlten dem schwachen Geschöpf die Kräfte, ihn herauszuziehen. Der Fisch war stärker und riss den Zwerg zu sich hin. Zwar hielt er sich an allen Halmen und Gräsern fest, aber das half nicht viel. Er musste den Bewegungen des Fisches folgen und war in ständiger Gefahr, ins Wasser gezogen zu werden. Die Mädchen kamen zur rechten Zeit, hielten ihn fest und versuchten, den Bart von der Schnur loszumachen. Aber vergebens. Bart und Schnur waren fest ineinander verwickelt. Es blieb nichts übrig, als das Scherchen hervorzuholen und den Bart abzuschneiden, wobei ein kleiner Teil desselben verloren ging. Als der Zwerg das sah, schrie er sie an:

»Ist das gutes Benehmen, ihr Trüffelköpfe? Mir das Gesicht zu entstellen? Es reicht wohl nicht, dass ihr mir den Bart unten abgestutzt habt, jetzt schneidet ihr mir den besten Teil auch noch ab! Ich kann mich zu Hause gar nicht mehr blicken lassen!«

Dann holte er einen Sack Perlen, der im Schilf lag, und ohne ein weiteres Wort zu sagen, schleppte er ihn fort und verschwand hinter einem Stein.

Es trug sich zu, dass bald danach die Mutter die beiden Mädchen in die Stadt schickte, um Zwirn, Nadeln, Schnüre und Bänder einzukaufen. Der Weg führte sie über eine Heide, auf der hier und da mächtige Felsstücke verstreut lagen. Da sahen sie einen großen Vogel in der Luft schweben, der langsam über ihnen kreiste, sich immer tiefer herabsenkte und endlich in der Nähe eines Felsens niederstieß. Gleich darauf hörten sie einen durchdringenden, jämmerlichen Schrei. Sie liefen hin und sahen mit Schrecken, dass der Adler ihren alten Bekannten, den Zwerg, gepackt hatte und ihn forttragen wollte. Die mitleidigen Kinder hielten das Männchen gleich fest und zerrten so lange mit dem Adler herum, bis er seine Beute losließ. Als der Zwerg sich von dem ersten Schrecken erholt hatte, schrie er mit kreischender Stimme:

»Konntet ihr nicht besser mit mir umgehen? Gerissen habt ihr an meinem dünnen Röckchen, dass es überall zerfetzt und durchlöchert ist! Unbeholfenes und läppisches Gesindel, das ihr seid!«

Dann nahm er einen Sack mit Edelsteinen und schlüpfte wieder unter den Felsen in seine Höhle. Die Mädchen waren an seinen Undank schon gewöhnt, setzten ihren Weg fort und erledigten alles in der Stadt. Als sie auf dem Heimweg wieder zur Heide kamen, überraschten sie den Zwerg, der auf einem sauberen Plätzchen seinen Sack mit Edelsteinen ausgeschüttet und nicht gedacht hatte, dass so spät noch jemand vorbeikommen würde. Die Abendsonne schien über die glänzenden Steine. Sie schimmerten und leuchteten so prächtig in allen Farben, dass die Kinder stehen blieben und sie betrachteten.

»Was steht ihr da und glotzt mit offenem Mund!«, schrie der Zwerg, und sein aschgraues Gesicht wurde zinnoberrot vor Zorn.

Er wollte mit seinen Schimpfworten fortfahren, als ein

lautes Brummen zu hören war und ein schwarzer Bär aus dem Wald herbeitrabte. Erschrocken sprang der Zwerg auf, aber er konnte nicht mehr zu seinem Schlupfwinkel gelangen. Der Bär war schon in seiner Nähe. Da rief er in Herzensangst: »Lieber Herr Bär, verschont mich, ich will Euch alle meine Schätze geben! Seht die schönen Edelsteine, die da liegen. Schenkt mir das Leben. Was habt Ihr an mir kleinem, schmächtigem Kerl? Ihr spürt mich nicht mal zwischen den Zähnen. Da, packt die beiden Mädchen! Das sind für Euch zarte Bissen, fett wie junge Wachteln, die könnt Ihr fressen!«

Der Bär kümmerte sich nicht um seine Worte, gab dem boshaften Geschöpf einen einzigen Schlag mit der Tatze, und es regte sich nicht mehr.

Die Mädchen waren fortgesprungen, aber der Bär rief ihnen nach: »Schneeweißchen und Rosenrot! Fürchtet euch nicht! Wartet, ich will mit euch gehen.«

Da erkannten sie seine Stimme und blieben stehen. Und als der Bär bei ihnen war, fiel plötzlich die Bärenhaut ab, und er stand da als ein schöner Mann, ganz in Gold gekleidet.

»Ich bin ein Königssohn«, sprach er, »und war von dem bösen Zwerg, der mir meine Schätze gestohlen hatte, dazu verwünscht, als wilder Bär im Wald zu leben, bis ich durch seinen Tod erlöst würde. Jetzt hat er seine wohlverdiente Strafe empfangen.«

Schneeweißchen wurde mit ihm vermählt und Rosenrot mit seinem Bruder, und sie teilten die großen Schätze miteinander, die der Zwerg in seiner Höhle zusammen-

getragen hatte. Die alte Mutter lebte noch lange Jahre ruhig und glücklich bei ihren Kindern. Die zwei Rosenbäumchen aber nahm sie mit, und sie standen vor ihrem Fenster und trugen jedes Jahr die schönsten Rosen, weiß und rot.

Schneewittchen

Es war einmal mitten im Winter und die Schneeflocken fielen wie Federn vom Himmel herab. Da saß eine Königin an einem Fenster, das einen Rahmen aus schwarzem Ebenholz hatte, und nähte. Und als sie so nähte und zum Schneehimmel aufblickte, stach sie sich mit der Nadel in den Finger, und es fielen drei Tropfen Blut in den Schnee. Und weil das Rote im weißen Schnee so schön aussah, dachte sie bei sich: Hätt ich ein Kind so weiß wie Schnee, so rot wie Blut und so schwarz wie das Holz an dem Rahmen! Bald darauf bekam sie ein Töchterlein, das war so weiß wie Schnee, so rot wie Blut und so schwarzhaarig wie Ebenholz und wurde deshalb Schneewittchen genannt. Als das Kind geboren war, starb die Königin. Nach einem Jahr heiratete der König eine neue Gemahlin. Es war eine schöne Frau, aber sie war stolz und übermütig und konnte nicht leiden, dass sie an Schönheit von jemandem übertroffen werden sollte. Sie hatte einen wunderbaren Spiegel. Wenn sie vor ihn trat und sich darin anschaute, sprach sie:

»Spieglein, Spieglein an der Wand,
wer ist die Schönste im ganzen Land?«

So antwortete der Spiegel:

»Frau Königin, Ihr seid die Schönste im Land.«

Dann war sie zufrieden, denn sie wusste, dass der Spiegel die Wahrheit sagte. Schneewittchen aber wuchs heran und wurde immer schöner, und eines Tages war es so schön wie der klare Tag und schöner als die Königin selbst. Als diese einmal ihren Spiegel fragte:

»Spieglein, Spieglein an der Wand,
wer ist die Schönste im ganzen Land?«

antwortete er:

»Frau Königin, Ihr seid die Schönste hier,
aber Schneewittchen ist tausendmal schöner als Ihr.«

Da erschrak die Königin und wurde gelb und grün vor Neid. Von Stund an, wenn sie Schneewittchen erblickte, kehrte sich ihr das Herz im Leibe herum – so hasste sie das Mädchen. Neid und Hochmut wuchsen wie ein Unkraut in ihrem Herzen immer höher, sodass sie Tag und Nacht keine Ruhe mehr hatte. Da rief sie einen Jäger und sprach:

»Bring das Kind hinaus in den Wald, ich will's nicht mehr vor meinen Augen sehen. Du sollst es töten und mir als Beweis Lunge und Leber mitbringen.«

Der Jäger gehorchte und führte Schneewittchen hinaus, und als er den Hirschfänger gezogen hatte und das unschuldige Herz des Mädchens durchbohren wollte, fing es an zu weinen und sprach:

»Ach, lieber Jäger, lass mir mein Leben! Ich will in den wilden Wald laufen und nie wieder heimkommen.«

Der Jäger hatte Mitleid und sprach:

»So lauf hin, du armes Kind!«

Die wilden Tiere werden dich bald gefressen haben, dachte er, und doch war's ihm, als wäre ein Stein von seinem Herzen gewälzt, weil er es nicht zu töten brauchte. Und als gerade ein junges Wildschwein dahergesprungen kam, erlegte er es, nahm Lunge und Leber heraus und brachte sie als Beweis der Königin mit. Der Koch musste sie in Salz kochen, und das boshafte Weib aß sie auf und glaubte, sie hätte Schneewittchens Lunge und Leber gegessen.

Nun war das arme Kind in dem großen Wald mutterseelenallein, und es fürchtete sich zwischen all den Bäumen und wusste nicht, wie es sich helfen sollte. Da fing es an zu laufen und lief über die spitzen Steine und durch die Dornen. Und die wilden Tiere sprangen an ihm vorbei, aber sie taten ihm nichts. Es lief, solange die Füße konnten, bis es fast Abend geworden war. Da sah es ein kleines Häuschen und ging hinein, um sich auszuruhen. In dem Häuschen war alles klein, aber ungemein zierlich und reinlich. Da stand ein weiß gedecktes Tischlein mit sieben kleinen Tellern, jedes Tellerlein mit seinem Löffelein. Außerdem sieben Messerlein und Gäbelein und sieben Becherlein. An der Wand waren sieben Bettlein nebeneinander aufgestellt und schneeweiße Laken darübergedeckt. Schneewittchen, weil es so hungrig und durstig war, aß von jedem Tellerlein ein wenig Gemüse und Brot und trank aus jedem Becherlein einen Tropfen Wein, denn es wollte nicht einem allein alles wegnehmen. Weil es dann so müde war, legte es sich in ein Bettchen, aber keins passte. Das eine war zu lang, das andere zu kurz, bis endlich das siebte richtig war. Darin blieb es liegen und schlief ein.

Als es ganz dunkel geworden war, kamen die Herren des Häusleins zurück. Das waren die sieben Zwerge, die in den Bergen nach Erz hackten und gruben. Sie zündeten ihre sieben Lichtlein an, und als es nun hell im Häuslein wurde, sahen sie, dass jemand darin gewesen war, denn es stand nicht alles so, wie sie es verlassen hatten.

Der Erste sprach:

»Wer hat auf meinem Stühlchen gesessen?«

Der Zweite: »Wer hat von meinem Tellerchen gegessen?«

Der Dritte: »Wer hat von meinem Brötchen genommen?«

Der Vierte: »Wer hat von meinem Gemüschen gegessen?«

Der Fünfte: »Wer hat mit meinem Gäbelchen gestochen?«

Der Sechste: »Wer hat mit meinem Messerchen geschnitten?«

Der Siebente: »Wer hat aus meinem Becherlein getrunken?«

Dann sah sich der Erste um und bemerkte, dass auf seinem Bett eine kleine Delle war. Da sprach er:

»Wer ist in mein Bettchen gestiegen?«

Die anderen kamen gelaufen und riefen:

»In meinem hat auch jemand gelegen!«

Der Siebente aber, als er in sein Bett sah, erblickte Schneewittchen, das darin lag und schlief. Nun rief er die anderen. Die kamen herbeigelaufen und holten ihre sieben Lichtlein und beleuchteten Schneewittchen.

»Ach! Ach, du mein Gott!«, riefen sie. »Was ist das für ein wunderbares Kind!«

Und hatten so große Freude, dass sie es nicht aufweckten, sondern im Bettlein weiterschlafen ließen. Der siebte Zwerg aber schlief bei seinen Gesellen, bei jedem eine Stunde, dann war die Nacht herum. Als es Morgen war, erwachte Schneewittchen, und als es die sieben Zwerge sah, erschrak es. Sie waren aber freundlich und fragten:

»Wie heißt du?«

»Ich heiße Schneewittchen«, antwortete es.

»Wie bist du in unser Haus gekommen?«, sprachen die Zwerge weiter.

Da erzählte es ihnen, dass seine Stiefmutter es umbringen lassen wollte, der Jäger ihm aber das Leben geschenkt hätte, und da wäre es den ganzen Tag gelaufen, bis es endlich ihr Häuslein gefunden hätte. Die Zwerge sprachen: »Willst du dich um unser Haus kümmern, dann kannst du bei uns bleiben, und es soll dir an nichts fehlen.«

»Ja«, sagte Schneewittchen, »von Herzen gern!«, und blieb bei ihnen.

Morgens gingen die Zwerge in die Berge und suchten Erz und Gold und abends kamen sie zurück. Den ganzen Tag über war das Mädchen allein. Da warnten es die guten Zwerglein und sprachen:

»Hüte dich vor deiner Stiefmutter! Die wird bald wissen, dass du hier bist. Lass ja niemanden herein!«

Die Königin aber, nachdem sie Schneewittchens Lunge und Leber gegessen zu haben glaubte, dachte, dass sie wieder die Erste und Allerschönste sei, trat vor ihren Spiegel und sprach:

»Spieglein, Spieglein an der Wand!
Wer ist die Schönste im ganzen Land?«

Da antwortete der Spiegel:

»Frau Königin, Ihr seid die Schönste hier.
Aber Schneewittchen über den Bergen
bei den sieben Zwergen
ist noch tausendmal schöner als Ihr.«

Da erschrak sie, denn sie wusste, dass der Spiegel keine Unwahrheit sprach, und merkte, dass der Jäger sie betrogen hatte und Schneewittchen noch am Leben war. Und da grübelte und grübelte sie aufs Neue, wie sie es umbringen würde, denn solange sie nicht die Schönste im ganzen Land war, ließ ihr der Neid keine Ruhe. Und als sie sich endlich etwas ausgedacht hatte, färbte sie sich das Gesicht und kleidete sich wie eine alte Krämerin und war nicht zu erkennen. In dieser Gestalt ging sie über die sieben Berge zu den sieben Zwergen, klopfte an die Tür und rief:

»Schöne Ware zu bieten! Gute Ware zu bieten!«

Schneewittchen guckte zum Fenster hinaus und rief: »Guten Tag, liebe Frau! Was habt Ihr zu verkaufen?«

»Gute Ware, schöne Ware«, antwortete sie. »Schnürriemen in allen Farben!«, und holte einen hervor, der aus bunter Seide geflochten war.

Die ehrliche Frau kann ich hereinlassen, dachte

Schneewittchen, riegelte die Tür auf und kaufte sich den hübschen Schnürriemen.

»Kind«, sprach die Alte, »wie du aussiehst! Komm, ich will dich einmal ordentlich schnüren.«

Schneewittchen dachte sich nichts Böses, stellte sich vor sie und ließ sich mit dem neuen Schnürriemen schnüren. Aber die Alte schnürte geschwind und so fest, dass dem Schneewittchen der Atem verging und es wie tot hinfiel.

»Jetzt bist du die Schönste gewesen!«, sprach sie und eilte hinaus.

Nicht lange darauf, zur Abendzeit, kamen die sieben Zwerge nach Hause. Doch wie erschraken sie, als sie ihr liebes Schneewittchen auf der Erde liegen sahen und es sich nicht regte und nicht bewegte, als wäre es tot. Sie hoben es in die Höhe, und weil sie sahen, dass es zu fest geschnürt war, schnitten sie den Schnürriemen entzwei. Da fing es ein wenig zu atmen an und wurde nach und nach wieder lebendig. Als die Zwerge hörten, was geschehen war, sprachen sie:

»Die alte Krämerfrau war niemand als die böse Königin. Hüte dich und lass keinen Menschen herein, wenn wir nicht bei dir sind!«

Das böse Weib aber, als es nach Haus gekommen war, ging vor den Spiegel und fragte:

»Spieglein, Spieglein an der Wand!
Wer ist die Schönste im ganzen Land?«

Da antwortete der Spiegel:

»Frau Königin, Ihr seid die Schönste hier.
Aber Schneewittchen über den Bergen
bei den sieben Zwergen
ist noch tausendmal schöner als Ihr.«

Als sie das hörte, erschrak sie, denn sie erkannte, dass Schneewittchen wieder lebendig geworden war.

»Nun aber«, sprach sie, »will ich mir etwas ausdenken, das dich zugrunde richten soll.« Und mit Hass im Herzen machte sie einen giftigen Kamm.

Dann verkleidete sie sich und nahm die Gestalt eines anderen alten Weibes an. So ging sie hin über die sieben Berge zu den sieben Zwergen, klopfte an die Tür und rief:

»Schöne Ware zu bieten! Gute Ware zu bieten!«

Schneewittchen schaute heraus und sprach:

»Geht nur weiter, ich darf niemand hereinlassen!«

»Das Ansehen wird dir doch erlaubt sein«, sprach die Alte, zog den giftigen Kamm heraus und hielt ihn in die Höhe.

Da gefiel er dem Kind so gut, dass es sich betören ließ und die Türe öffnete. Als sie sich über den Preis einig waren, sprach die Alte:

»Jetzt will ich dich einmal ordentlich kämmen.«

Das arme Schneewittchen dachte an nichts und ließ die Alte gewähren. Aber kaum hatte sie ihr den Kamm in die Haare gesteckt, als das Gift darin wirkte und das Mädchen ohnmächtig zu Boden fiel.

»Du Ausbund von Schönheit!«, höhnte das boshafte Weib. »Jetzt ist's um dich geschehen«, und ging fort.

Zum Glück aber war es bald Abend und die sieben Zwerglein kamen nach Hause. Als sie Schneewittchen wie tot auf der Erde liegen sahen, hatten sie gleich die Stiefmutter in Verdacht, suchten und fanden den giftigen Kamm. Kaum hatten sie ihn herausgezogen, da kam Schneewittchen wieder zu sich und erzählte, was vorgegangen war. Da warnten sie es noch einmal, auf der Hut zu sein und niemandem die Tür zu öffnen.

Die Königin stellte sich vor den Spiegel und sprach:

»Spieglein, Spieglein an der Wand!
Wer ist die Schönste im ganzen Land?«

Da antwortete er wie vorher:

»Frau Königin, Ihr seid die Schönste hier.
Aber Schneewittchen über den Bergen
bei den sieben Zwergen
ist noch tausendmal schöner als Ihr.«

Als sie den Spiegel so reden hörte, zitterte sie vor Zorn.

»Schneewittchen soll sterben!«, rief sie. »Und wenn es mein eigenes Leben kostet!«

Daraufhin ging sie in eine ganz verborgene, einsame Kammer, wo niemand hinkam, und machte da einen giftigen, giftigen Apfel. Äußerlich sah er schön aus, weiß mit roten Backen, dass jeder, der ihn erblickte, Lust darauf bekam. Aber wer ein Stückchen davon aß, der musste sterben. Als der Apfel fertig war, färbte sie sich das Gesicht und verkleidete sich als eine Bauersfrau. So ging sie über die sieben Berge zu den sieben Zwergen. Sie klopfte an. Schneewittchen streckte den Kopf zum Fenster heraus und sprach:

»Ich darf keinen Menschen einlassen, die sieben Zwerge haben es mir verboten!«

»Mir auch recht«, antwortete die Bäuerin. »Meine Äpfel werde ich schon los. Da, einen will ich dir schenken.«

»Nein«, sprach Schneewittchen, »ich darf nichts annehmen!«

»Fürchtest du dich vor Gift?«, sprach die Alte. »Siehst du, da schneide ich den Apfel in zwei Teile. Iss du die rote Backe, die weiße esse ich.«

Der Apfel war aber so künstlich gemacht, dass nur die rote Backe vergiftet war. Schneewittchen hatte großen Appetit auf den schönen Apfel, und als es sah, dass die Bäuerin davon aß, konnte es nicht länger widerstehen, streckte die Hand hinaus und nahm die giftige Hälfte. Kaum aber hatte es einen Bissen davon im Mund, fiel es tot zu Boden. Da betrachtete es die Königin mit grausigen Blicken, lachte überlaut und sprach:

»Weiß wie Schnee, rot wie Blut, schwarz wie Ebenholz! Diesmal können dich die Zwerge nicht wiedererwecken.«

Und als sie daheim den Spiegel befragte:

»Spieglein, Spieglein an der Wand,
Wer ist die Schönste im ganzen Land?«

So antwortete der Spiegel:

»Frau Königin, Ihr seid die Schönste im Land.«

Da hatte ihr neidisches Herz Ruhe, so gut ein neidisches Herz Ruhe haben kann.

Als sie abends nach Haus kamen, fanden die Zwerglein Schneewittchen auf der Erde liegen, und es ging kein

Atem mehr aus seinem Mund, und es war tot. Sie hoben es auf, suchten, ob sie etwas Giftiges fänden, schnürten es auf, kämmten ihm die Haare, wuschen es mit Wasser und Wein, aber es half alles nichts. Das liebe Kind war und blieb tot. Sie legten es auf eine Bahre und setzten sich alle sieben daneben und beweinten es und weinten drei Tage lang. Dann wollten sie es begraben, aber es sah noch so frisch aus wie ein lebender Mensch. Sie sprachen:

»Wir können es nicht in die schwarze Erde versenken.«

Sie ließen einen durchsichtigen Sarg aus Glas machen, damit man es von allen Seiten sehen konnte, legten es hinein und schrieben mit goldenen Buchstaben seinen Namen darauf und dass es eine Königstochter wäre. Dann stellten sie den Sarg hinaus auf den Berg und einer von ihnen blieb immer dabei und bewachte ihn. Und die Tiere kamen auch und beweinten Schneewittchen, erst eine Eule, dann ein Rabe, zuletzt ein Täubchen. Nun lag Schneewittchen lange, lange Zeit in dem Sarg und sah aus, als ob es schliefe, denn es war so weiß wie Schnee, so rot wie Blut und so schwarzhaarig wie Ebenholz.

Es geschah aber, dass ein Königssohn in den Wald geriet und zum Zwergenhaus kam. Er sah auf dem Berg den Sarg und das schöne Schneewittchen darin und las, was mit goldenen Buchstaben darauf geschrieben war. Da sprach er zu den Zwergen:

»Lasst mir den Sarg. Ich will euch geben, was ihr dafür haben wollt.«

Aber die Zwerge antworteten:

»Wir geben ihn nicht für alles Gold in der Welt.«

Da sprach er:

»So schenkt ihn mir, denn ich kann nicht leben, ohne Schneewittchen zu sehen. Ich will es ehren und hochachten wie mein Liebstes.«

Als er so sprach, empfanden die guten Zwerglein Mitleid mit ihm und gaben ihm den Sarg. Der Königssohn ließ ihn nun von seinen Dienern auf den Schultern forttragen. Da geschah es, dass sie über einen Strauch stolperten. Von der Erschütterung fuhr Schneewittchen das giftige Apfelstückchen aus dem Hals. Und es dauerte nicht lange, da öffnete es die Augen, hob den Deckel vom Sarg in die Höhe, richtete sich auf und war wieder lebendig.

»Wo bin ich?«, rief es.

Der Königssohn sagte voll Freude:

»Du bist bei mir«, erzählte, was sich zugetragen hatte und sprach:

»Ich habe dich lieber als alles auf der Welt. Komm mit mir in meines Vaters Schloss und werde meine Gemahlin.«

Schneewittchen fühlte, dass der Königssohn gut war, ging mit ihm, und ihre Hochzeit wurde mit großer Pracht und Herrlichkeit angeordnet.

Zu dem Fest wurde aber auch Schneewittchens Stiefmutter eingeladen. In schönen Kleidern trat sie vor den Spiegel und sprach:

»Spieglein, Spieglein an der Wand!
Wer ist die Schönste im ganzen Land?«

Der Spiegel antwortete:

»Frau Königin, Ihr seid die Schönste hier.
Aber die junge Königin ist noch tausendmal
schöner als Ihr.«

Da stieß das böse Weib einen Fluch aus und bekam Angst, dass sie nicht mehr wusste, wohin mit sich. Sie wollte zuerst gar nicht auf die Hochzeit gehen, doch ließ es ihr keine Ruhe. Sie musste die junge Königin sehen. Als sie eintrat, erkannte sie Schneewittchen, und vor Angst und Schrecken stand sie da und konnte sich nicht regen.

Aber es waren schon hübsche Schuhe für sie vorbereitet worden. Sie schlüpfte hinein und begann zu tanzen. Sie tanzte und tanzte und konnte nichts dagegen tun, denn es waren verzauberte Schuhe. Sie tanzte zur Tür und aus dem Schloss hinaus. Und die Vögel im Wald sahen verwundert, wie das böse Weib an ihnen vorbeitanzte und fort aus dem Wald. Und die Eule, der jeder Mensch glauben darf, weiß: Die böse Königin ist aus der Welt hinausgetanzt. Für immer und für alle Zeit.

Schneewittchen aber und der Königssohn lebten glücklich und zufrieden bis an ihr Lebensende.

Natürlich **magellan**®

Hergestellt in Deutschland
CO_2-Ersparnis durch kurze Lieferwege
Gedruckt auf FSC®-zertifiziertem Papier
Lösungsmittelfreier Klebstoff
Drucklack auf Wasserbasis
Farben auf Pflanzenölbasis

Weitere Infos gibt es hier:

www.magellanverlag.de/natürlich

6. Auflage 2025

Illustration: Larisa Lauber
Umschlaggestaltung: Christian Keller
unter Verwendung einer Illustration von Larisa Lauber
Druck: Pustet, Regensburg
produktsicherheit@magellanverlag.de
ISBN 978-3-7348-2805-8

www.magellanverlag.de

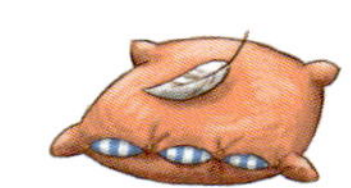
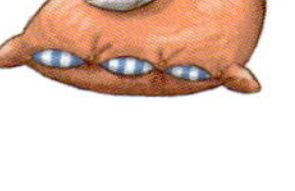